ベリーズ文庫

# 結婚不適合なふたりが夫婦になったら
## ――女嫌いパイロットが鉄壁妻に激甘に!?

紅カオル



STARTS
スターツ出版株式会社

目次

結婚不適合なふたりが夫婦になったら
――女嫌いパイロットが鉄壁妻に激甘に⁉

# 結婚不適合なふたりが夫婦になったら
## ――女嫌いパイロットが鉄壁妻に激甘に⁉

# プロローグ

異様なほど静まり返ったマンションの一室で、横瀬史花《よこせふみか》は〝妻になる者〟の欄にペン先を落とした。

自分の名前を書くときに、これほど緊張したことがあっただろうか。

大学入試のときも入社試験のときも、ここまで意識した記憶はない。それはきっと、この薄い紙きれが大きな効力を持つのを知っているから。

改めて気持ちを落ち着かせてゆっくり、いつも以上に一文字ずつ丁寧に名前を書いていく。

（私、本当に結婚するんだ……）

婚姻届に署名するそのときを迎えても現実とは思えない。いつか実感するときがくるのかどうか、今はまだあやふやだ。

最後の一文字を書き終え、ふと隣に書かれた名前を見た。

〝夫になる者〟の欄には、少し右肩上がりの楷書《かいしょ》で【津城優成《つしろゆうせい》】とある。強い筆圧で書かれた美しい文字だ。

手書きの文字にはその人の性格が出ると、以前読んだネットのニュースを思い出した。筆圧が強い人はバイタリティーがあり、自分をしっかり持っているタイプだと。

(プレッシャーやストレスを感じているときにもそうなるらしいけど)

この場合はどちらだろう。

「書き終わったか？」

向かいの椅子に座った彼——史花の夫となる人物は静かな目を向けてよこした。切れ長の目元が、甘さも冷たさもない淡々とした眼差しをより強く印象づける。

史花は顔を上げ、頷いた。

「はい、書きました」

婚姻届を彼のほうに向け、テーブルの上を滑らせる。

優成はそれをさっと確認しただけで、折り目の通りに畳んで封筒に入れた。

「なにか質問は？」

「今さらですが、私は仕事を続けてもいいですか？」

「キミの好きにしたらいい。変わるのは名字だけ。……まぁ生活拠点はここに変えざるを得ないが、あとはこれまでと同じと思ってもらって構わない」

今後の生活にはまるで興味のない言い方だった。

「わかりました」

事務的なやり取りは、婚姻届を書いたばかりのふたりとはとうてい思えない。甘いムードは皆無である。

でもそれも仕方がない。なにしろこの結婚には愛がないのだから。

普通のカップルなら当然のようにある相手への感情が、ふたりの間には存在しない。

二十七歳にして、史花は大きな決断を下したのである。

「ほかになにもなければ以上だ」

優成が立ち上がる。

今ここに、史花と優成の交際〇日婚が成立した。

# 迷いに迷ったトランジット

デスクにずらりと四台並んだモニターにはASAS——アジア地上解析図や高層天気図、エマグラム——気温・湿度・風向・風速などの観測データを示した断面図などが表示されている。

史花は三十分ごとに発表されるMETAR——定時飛行場実況気象を参照しながら、それらの気象図と照らし合わせ、羽田《はねだ》空港から福岡《ふくおか》空港へ向かう航空機のフライトプランを作成中である。

（飛行予定エリアはおおむね高気圧圏内ね。悪天候の目安となる湿域や等圧線の収束帯もないし……乗客数や荷量もこの程度なら、余分な燃料を積む必要はなさそう）

専用システムで作成したフライトプランにデジタル署名をし、運航管理センターへ送信した。

史花が働くフライトコントロールセンターは、世界中を飛行する『オーシャンエアライン』の航空機の運航を管理するセクションである。

史花はそこで航空機の運航管理を行う航空機運航管理者、通称ディスパッチャーとして働いている。

大学卒業と同時に入社後、運航支援者としての訓練を積むこと四年弱。二十六歳のときに国家資格を取得し、社内審査の合格を経て、来月の五月には丸一年を迎える。

支援者として運航管理者のアシスタントをしていたときとは違い、フライトプランに自分のデジタル署名が入るため責任は重大。一日に五十便ほどのフライトプランの作成は、慎重さをなによりも大切にしている。

ディスパッチャーの仕事には大きく分けて二種類ある。

ひとつはフライトプランの作成であり、天候や運航状況に合わせて搭載燃料の量や飛行ルートを決める仕事。もうひとつは航空機が問題なく運航行しているか監視し、なにか変化があればパイロットに情報を提供したり、ルート変更などの提案をしたりするフライトウォッチと呼ばれる仕事である。

ディスパッチャーとパイロットは、飛行の安全と効率を確保するために密接に連携しなければならない。それが、ディスパッチャーが地上のパイロットと呼ばれる所以《ゆえん》である。

オーシャンエアラインでは一日におよそ一〇〇〇便の運航を二十四時間体制で管理しているため、スタッフは日勤と夜勤のシフト制での勤務になる。不規則なため体調管理はとても重要だ。

「そろそろお昼に行こうか」

「うん、そうね」

一定の人数を残し、女性の同僚たちが口々に言いながら立ち上がる。今日はどのレストランで食べようかと楽しげだ。

「横瀬さんも一緒にどう？」

史花の後ろを通りつつ、ひとりが不意に声をかけてきた。べつの同僚が彼女の袖口を引っ張り、「ちょっと、やめなって」と小声で制す。史花をお呼びでないのは一目瞭然《りょうぜん》だ。

「いえ、私はもう少し進めてからにしますので」

肩越しに会釈しながら史花が返すと、ふたりがそそくさと離れていく。

「だから言ったじゃない。横瀬さんは誘っても無駄だから」

「なんであんなに頑ななのかな」

「ちょっとお堅すぎるんだよね。もう少し愛嬌《あいきょう》があってもいいと思うんだけど」

遠慮がちにコソコソする声が史花の耳にも届くが、どれも的を射ているため言い返す言葉もない。堅物な史花にもっとも足りないものは愛嬌である。

（でも私は昔からこんな感じで今さら変われないし……。ここには仕事をしに来てるんだから、とにかく集中しよう）

史花は子どもの頃から真面目だとよく言われてきた。通知表の所見に書かれるのも決まってそう。計画に沿って物事を進める性質で、先生の言いつけや学校のルールも破ったことがない。

幼いときに父親を病気で亡くし、母娘ふたりの生活になったため、心配をかけたくない気持ちが無意識に働いていたのかもしれない。仕事で忙しい母に代わって家事をすることも多く、遊びの誘いを断り続けているうちに堅物という代名詞までついてしまった。

見た目が地味なのも大きく影響するだろう。肩甲骨まである髪の毛はいつだってきっちり一本縛り。それもカラーリングとは無縁だし、メイクもファンデーションのほかには眉を描いて、色つきリップを塗る程度である。

人に不快感を与えない程度のヘアメイクのため、街を歩いていると背景に溶け込むくらいに目立たない。パステルカラーに染まる春の景色や、鮮明な青や緑を印象づける夏の景色のほうが、むしろ色鮮やかだ。史花は常日頃からそう感じていた。

いつだったか高校時代の同級生を街で見かけたとき、気づいてもらえそうな瞬間があったにもかかわらず、スルーされた経験がある。

もしかしたら自分は、ほかの人からは見えない存在なのかもしれないとひと晩悩んだのはここだけの話だ。

「ふみちゃんも、たまにはみんなとご飯を食べてきたらいいのに」

仕事に打ち込んでいた史花に声をかけてきたのは、フライトコントロールセンターの長である木原健太郎《きはらけんたろう》だ。

リスのようにくりっとした目を細め、穏やかに笑いかける。顔の輪郭はもちろん、ぷっくりした鼻もふっくらした頬《ほほ》も、顔のパーツがすべて丸いせいか、顔を見るだけでほっこりする。少々丸みを帯びている体も、人に安心感を与える材料のひとつだ。

そしてその印象に違《たが》わず、とても気さくで優しい。

五十八歳の彼は史花の上司であり、亡き父の友人でもある。フレンドリーに〝ふみちゃん〟と呼ぶのもそのためだ。

史花の父はオーシャンエアラインのパイロットだった。

「私、お弁当持ちなんです」

羽田空港内にはグルメサイトでも人気のレストランはたくさんあるし、オーシャンエアラインは空港内に休憩室も兼ねた社員食堂があるが、史花はいつも自分で作ったお弁当を持参している。

「同僚と食べるのもいいものだよ。情報交換の場としても有効だ」

「私と一緒に食べても、たぶんつまらないんじゃないかと……。気の利いた話もできませんし」

同年代の女性たちがするようなおしゃれな話題は持ち合わせていない。もしもランチの約束をするなら、事前に話す内容を考えておかねばならない。それも下調べをしてからでないと無理だ。

「そんなに堅苦しく考える必要はないんじゃないかな？　職場でこんなことがあったとか、テレビドラマや映画の話、おいしい食べ物の話とか、とにかくなんだっていい。あっ、上司の愚痴《ぐち》なんてのも共通の話題にはもってこいだ。一番盛り上がるんじゃないか？　どうだい？」

木原は、おどけた顔で人差し指を立て左右に揺らした。

「木原センター長は陰口を叩かれるような上司じゃありませんから」

これは本当だ。

「おやおや、うれしいことを言ってくれるね」

木原はまんざらでもなさそうににっこり笑う。

フライトプランは今でこそシステマチックになり、専用システムがある程度までプランを作成してくれるが、木原がこの仕事に就いた頃にはすべて手書きでアナログだったという。その航空機が通常出せるスピード、巡航速度に対して吹く風を予測して計算し、搭載燃料を割り出していた。

そういった経験に基づくアドバイスはもちろん、パイロットの癖を考慮するなど臨機応変な対応をしていたという。〝迷ったときにはセンター長に聞け〟というのが鉄則だ。

もちろん最終的に決定を下すのは自分だが、木原がバックにいる安心感はとてつもなく大きい。仕事ができる頼りがいのある上司であり、大らかな性格は老若男女から慕われている。

亡き友の娘である史花の面倒も、とてもよく見てくれる。ここに配属されたときに一番喜んでくれたのは、ほかでもなく木原だ。

もちろん史花も、ここでは誰より彼を頼りにしている。

だから先ほどの言葉は決してお世辞ではないのだ。

「お礼にこれをあげよう」

木原はポケットから昔懐かしのアメをひとつ取り出し、史花のデスクに置いた。普段から仕事の合間や挨拶代わりに部下たちに配り歩いている、ミルク味のアメだ。幼い頃、母親によく買ってもらったのだとか。

「ありがとうございます」

「キリのいいところでお昼に行っておいで」

「はい。あと一便で区切りがつきますので、それを終わらせたら行ってきます」

木原は大きく頷き、立ち去ろうとして足を止める。

「たくさん食べておいで」

ボソッと囁《ささや》き、口角をぐっと上げて笑った。


ピークタイムを過ぎた社員食堂に向かった史花は、隅っこの四人掛けテーブルで持参したお弁当を広げた。

今日は人参とさつまいものきんぴら、ささみのゴマ照り焼きがメインのおかず。休みの日に作り置きして冷凍したものを詰めた手軽なものだけれど、日勤のときは母の分も一緒に作っている。

「いただきます」

手を合わせて箸を持ち、早速食べ進めていると、少し離れたテーブルから賑やかな声が聞こえてきた。ＣＡ――キャビンアテンダントたちのグループだ。

さすがはパイロットと並ぶ航空会社の花形。光を浴びているわけでもないのに華やかで眩《まぶ》しい。見た目もさることながら、ファッションや恋愛など会話まで輝いている。

（さすがＣＡね……）

中でもとりわけ目立つのは史花よりひとつ年上、二十八歳の小早川環《こばやかわたまき》である。父親はオーシャンエアラインの取締役を務める令嬢だ。

もともと目鼻立ちが派手なうえ身長も一七〇センチを超すため、美しさは群を抜く。その美貌《びぼう》を自負しているのか立ち居振る舞いは自信に満ちており、地味の代表格である史花は近づくことすら気が引ける。制服のない職場で働く史花はパンツスタイルが定番で、女性なら誰でも一度は憧れるＣＡの制服の前では霞《かす》んでしまう。

史花は、彼女たちの眩しさに目を細めながらきんぴらを摘まんだ。

「そういえばこの前、フライト先のホテルで津城さんがほかのエアラインのＣＡに言い寄られているのを見たの」

聞き耳を立てていなくても、彼女たちの会話が自然と耳に入ってくる。

「ほかのエアラインのＣＡに？　それで津城さんは？」

同僚の目撃談に興味津々の環が聞き返す。

「冷ややかに断ってたわ」

「冷ややかに？」

「せめて連絡先を教えてほしいって言う彼女に、オーシャンエアラインの代表番号を伝えてて」

「会社の番号を？」

ＣＡたちが目を丸くしながら顔を見合わせる。

「ええ。それでも食い下がる彼女に『どうしてあなたに個人情報を知らせる必要が？』って」

「それはショックだったでしょうね」

「私だったら立ちなおれないわ」

たしかにそれはちょっと傷つくかもと、史花も密かに頷く。

(でも、余計な期待を持たずに済むから、むしろいいのかな)

言い方の良し悪しはさておき、きっぱり断られたほうが潔く諦められる。その気もないのに連絡先を教える人より、相手のことを考えているような気がする。

現在三十三歳の津城優成は数カ月前、三十二歳にして機長に昇進したエリートパイロットである。オーシャンエアラインにおける機長の最年少記録に並ぶ昇進は、じつに八年ぶりだった。

彼はパイロットとしての腕前だけでなくルックスも優れている。フライトコントロールセンターの同僚たちが、恋人にしたい男性ナンバーワンだと話しているのを史花は聞いたことがあった。

「今度、私も津城さんを誘ってみるわ」

CAたちがざわめく中、ひとり薄らと笑みを浮かべていた環が、声も高らかに宣言する。

「いよいよ津城さんをロックオン？　あ、だけど事業推進部の彼はどうしたの？」

「別れたの」

「え～⁉　もう⁉」

「ええ」

CAたちの騒ぎもなんのその。環はお茶をゆっくりとすすりながら頷いた。

「でもまぁ津城さんも、環が誘えば一発オッケーじゃない？」

「そうね。CAきっての美貌の環なら」

「環がアタックするなら、私に見込みはないからやめるわ」

同僚たちが口々にはやし立てる中、ひとりが顔を曇らせる。

「だけど女嫌いって噂もあるわよね」

「それはただの噂でしょう？　私がたしかめてみるわ」

環はそう言って口角をぐっと上げた。

（まるで異世界の話を聞いているみたい）

ファッションや美容の話題同様、自分には一生縁のない話だと思いながら、史花はお弁当を食べ終えた。

史花の休日は朝が早い。基本的に四日間の日勤のあとに二日間の休日があり、休み明けには四日間の夜勤がある。その繰り返しの不規則な勤務体系は、時間を崩すと体に応えるためだ。

しかし早起きするのには、もうひとつ理由があり……。

大きなテーブルを囲む、史花も含めた七人の女性たちの前には、色とりどりのポピーが置かれている。

「今日のお花はポピーです。春にぴったりのかわいらしいお花ですね」

フラワーアレンジメント教室の講師が微笑む。

史花は半年前からフラワーアレンジメント教室に通っている。勤務シフトの都合上、曜日を決めて通えないため、月に三回、好きなときに受講できるコースを選んだ。

「花言葉は恋の予感です」

講師のひと言に生徒の女性たちが色めき立つ。

「素敵」

「私にも恋が訪れるかな」

口々に言っては笑い合った。

(恋の予感……。素敵な花言葉だけど、私には縁のない言葉かも)

心の中でひっそり呟く。

たった一度だけ経験した恋は、もう七年も前の二十歳のとき。同じ大学に通う同級生が相手だった。

いつもたくさんの友達に囲まれている人気者の彼に、必修の授業のノートを貸したのがきっかけで付き合いはじめた。

背景に埋もれるような目立たない自分にも彼氏ができたと喜んでいたのも束の間、『一緒にいてもつまらない』とあっけなく振られて終わり。その間、わずか一カ月のことだった。

彼の部屋に招かれ、体を求められたときに『結婚を約束してくれるなら』と言い、彼を興ざめさせたのが決定打だろう。

（でも結婚するかわからないのに深い関係にはなれないもの。あのときは拒んで正解）

今思えば、体目的で『結婚するから』と安易に口にしなかった彼は紳士だったのかもしれない。

それ以降、恋は再び縁遠いものになり、卒業後は仕事ひと筋でここまでやってきた。ディスパッチャーの仕事は楽しいし、やりがいもある。このまま〝仕事と結婚〟するのもいいと思っている。

（だから、このポピーみたいにカラフルな恋の予感なんて……）

たぶん史花には一生訪れない。

「では、みなさん、まずは思い思いに生けてみましょう」

講師の号令で、生徒たちは色とりどりのポピーを手に取り、給水スポンジのオアシスに挿していった。


レッスンが終わったあと、史花は教室で仲良くなった生徒とお決まりのカフェへやって来た。外観も内装も南欧風をイメージしたオシャレなその店は、お昼時を過ぎても席がほぼ埋まっていることが多い。

「今の時季はテラス席がいいわね」

そう言って振り返った住吉喜乃《すみよしきの》に、史花は「そうですね」と返した。

店員に案内され、丸テーブルに喜乃と向かい合って座る。街の喧騒に紛れてそよぐ風が心地いい。

「今日はなにを飲もうかしら」

メニューを広げて彼女が悩みはじめる。

喜乃は御年七十五歳。白髪こそ交じっているがショートカットの髪はいつも綺麗にセットされ、艶《つや》やかな頬は年齢を感じさせない。

品があり、くっきりした二重瞼《まぶた》や通った鼻筋など、美的要素は数知れず。今も美しいが、若い頃は相当モテたに違いない。ペールピンクのブラウスが、よく似合う。

（ベージュのカットソーを着た私より、ずっと華があるわ）

人は年齢だけでは判断できないと、喜乃を見ていると史花はいつも思わされる。

「史花さんはなににする？」

喜乃がメニューから顔を上げて笑いかける。

「私は、ホットのキャラメルラテにします」

「あら、いいわね。私もそれにしようかしら」

喜乃は通りかかった店員に注文を済ませ、息をついた。

「今日のお教室も楽しかったわね」

「はい。かわいらしいアレンジができて満足です」

完成したアレンジは袋に入れ、空いている椅子にそれぞれ置いてある。

不規則に通う史花とたままた一緒になって以降、喜乃は史花と同じ受講スタイルに変更した。事前に史花と連絡を取り合い、同じ受講日にしているのだ。

通いはじめて一カ月が経《た》った頃、レッスンを終えて駅へ向かう途中、体調を崩して座り込む喜乃に声をかけて介抱したのが仲良くなるきっかけだった。以来、レッスンのあとはこうして喜乃とふたりでお茶をするのがルーティンになっている。

祖母といってもおかしくないほど歳は離れているが、フラワーアレンジメントという共通の趣味のおかげで今は誰よりも気が合う友人である。

注文したキャラメルラテで「お疲れさまでした」とお互いを労《ねぎら》う。

「おいしいわね。もう少ししたらアイスで飲むのもいいかもしれないわ」

「そのときはまた一緒に飲んでください」

「そうね」

笑い合いながら今日の出来栄えを話しているうちに、喜乃の孫の話題に逸《そ》れていく。

「そろそろ結婚してもいい年頃なんだけど、なかなかその気になってくれなくてね」

喜乃には三十三歳の孫がいるという。話によると、喜乃のひとり娘の息子だとか。仕事にしか興味がなく、浮いた話がひとつもないらしい。

(私もお母さんを喜乃さんみたいに心配させてるのかな)

恋愛に関する話題がない点は史花も同じだ。

「史花さん、お付き合いしている人はいないって言っていたわよね？」

「はい、いません」

喜乃とお茶をするようになって何度目だったろうか、一度そんな話になったことがある。

(お孫さんと同年代の私に、恋人を作らない理由でも聞きたいのかな)

そう思ったそのとき。

「一度、うちの孫と会ってみない？」

「はい!?」

想定外のことを言われ、思わず声が裏返る。

「会うというのはつまり……」

「お見合いと言ったら大袈裟《おおげさ》だけど」

「お、お、お見合い……⁉」

言葉がうまく続かない。滅相もない申し入れだ。

「驚かせてごめんなさい。紹介できたらいいな、なんてね。あまり仰々しく考えないでほしいんだけど、史花さんのようなお嬢さんだったら、うちの孫にはぴったりだと思ってね」

「とんでもないです。私では、喜乃さんのお孫さんに申し訳ないですから」

なにしろ七十五歳の喜乃にも華やかさで劣るような人間なのだから。

（ううん、いくらおばあちゃんの年代だからって、比べるなんて失礼よね）

とにかく史花ではダメなのだ。

「そんなことないわ。史花さんのように真面目な方が一番。孫にはそういう女性をと常々思っていたの」

「それしか取り柄がありませんから。お孫さんは退屈されるでしょうし、私を紹介されたらお困りになると思います」

たった一度だけある恋愛経験で『一緒にいてもつまらない』と言われたのが、なによりの証拠だ。

（だけど、どうして喜乃さんはお孫さんのお相手には真面目な女性がいいって考える

のかな）

真意は掴めないし、恐れ多い申し入れには恐縮するばかり。

「史花さんはとっても素敵な女性よ？　私のような年寄りと仲良くしてくださるし」

「それは、喜乃さんが気さくに話してくださるからです。私のほうこそ、仲良くしていただいてうれしいんですから」

「そういう謙虚なところも史花さんのいいところよ」

「謙虚だなんて。今のは本心ですから」

そもそも喜乃が優しいからこそ、年代を超えて仲良くできているのだから。

「ありがとう。でも、本当にどうかしら？　史花さんを私の友達として孫にも一度紹介しておきたいのよ」

喜乃は史花にとっても大切な友達。今はもっとも仲良くしていると言ってもいい。

その彼女からそこまで頼まれては、無下に首を横には振れない。

（お見合いじゃないと言うなら……）

いつもお世話になっているお礼を、喜乃が大切に思う孫にも伝えておいたほうがいいだろう。

「一度会ってみるだけでいいの、ね？」

「わかりました。お会いするだけなら」

「まぁ本当？　ありがとう、史花さん。早速、孫にも話してみるわね」

喜乃はいつになくうれしそうな顔をしてキャラメルラテのカップを手に取った。

その一週間後、喜乃との約束の日はやって来た。

地図アプリを頼りに指定されたホテル『ラ・ルーチェ』に到着した史花は、二階層吹き抜けのエントランスロビーの豪華さに圧倒されながら一階にあるラウンジを目指した。

いつもの地味なパンツスタイルは華やかなロビーに似合わず、事前に洋服を買っておけばよかったと後悔するが時すでに遅し。きっと誰も史花など目に入らないと思いなおし、背筋を伸ばす。

喜乃の孫に会うだけなのに妙に緊張するのは、最初に彼女が〝お見合い〟と言ったせいだろう。最後には〝会ってみるだけ〟に落ち着いたが、同性相手ならともかく異性に紹介されるため戸惑いは隠せない。

喜乃はラウンジのちょうど中央にいた。こちらに背を向けているため孫の顔は確認できないが、喜乃が立ち上がり手を振る。

「史花さん！」

会釈で応え、ふたりのもとへ向かった。

「すみません、お待たせしました」

そう言いながらテーブルの脇に立ってすぐ、孫の男性が不審そうに言う。

「おばあちゃん、どういうことだよ。ふたりでお茶するんじゃなかったのか？」

どうやら喜乃は史花の話をしていなかったようだ。祖母とふたりだけと思っていたらしく、肩身が狭い。彼の顔さえまともに見られなかった。

「ごめんね、優成。正直に言ったら来てくれないと思ったから」

「わかってるなら、こういうことはやめてくれよ」

「そう拗《す》ねないで」

喜乃と孫の男性の間に不穏な空気が流れはじめる。史花は帰るほうがいいみたいだ。

「すみません。私はこれで失礼しますので、どうかおふたりで……」

もともと史花も気が乗らなかったのだし、ここで退散するのはなんでもない。

ふたりが口論に発展しそうになったため、史花が慌てて頭を下げたそのとき。

「あれ？　キミ……」

男性がぽつりと呟く。

その声につられて顔を上げ、そこで初めてまじまじと彼を見た。

(えっ?)

目が点になる。思いがけない人がそこにいた。

「横瀬さんだよね?」

「……はい」

オーシャンエアラインのエリートパイロット、津城優成だったのだ。

(私を知ってるの……?)

ディスパッチャーとパイロットとして仕事で関わりは持っているものの、地味で目立たない自分を彼が覚えていることに驚きを隠せない。

「もしかしてふたりは知り合いなの?」

喜乃は口元に両手を添え、目を丸くする。

「同じ会社」

「まぁ! 史花さんもオーシャンエアラインにお勤めだったの? こんなことってあるかしら!」

親しくしているとはいえ、喜乃とは仕事の話をしたことがなかった。孫の話題が出たのも先日が初めてで、オーシャンエアラインに繋がる話題はこれまで上がらなかったのだ。

喜乃の驚く声に史花は頷き返す。

「まさか祖母を使ってこんな真似を？」

「えっ？」

優成の言葉の意味がわからず、目を瞬かせる。

「違うのよ、優成。私が強引に史花さんを誘ったの。一度、孫に会わせたいって」

「なんで」

「とても仲良くしているお友達だからっていうのもあるけど、一番はあなたがなかなか結婚しないからよ」

喜乃の口から〝結婚〟の言葉が飛び出したため密かに焦る。

孫と引き合わせたかったのは、やはり史花を結婚相手に考えたからなのだ。

「俺がなんで結婚しないのか知ってるだろう？」

「知ってるわよ。だからこうして史花さんをあなたに紹介しているの。史花さんはね、とってもしっかりしたいい子なのよ。とにかく史花さんはここに座って」

自分の隣の椅子をトントンとして、立ちすくむ史花を誘う。

「ですが……」

完全に拒まれている状況のため、なかなか踏ん切りがつかない。優成にとって史花は招かれざる客だ。

「ここはお願い。ね？　優成もお話しするくらいいいでしょう？」

史花がチラッと盗み見ると、優成は観念したように軽く頷いた。

「失礼します」

ひと言断って喜乃の隣に腰を下ろす。

「史花さんはなにを飲む？」

「喜乃さんと同じもので……」

恐縮しつつお願いすると、喜乃は素早く店員を呼び、ホットコーヒーを注文した。

改めて向かいに座る優成を見る。

制服マジックという言葉があるが、彼の場合、パイロットの制服を着ていようがいまいが容姿の良さに違いがないのがわかる。黒いテーラードジャケットに白いシャツを合わせた装いは清潔感が際立ち、とてもよく似合っていた。

いつも制帽で見えなかった少し癖のある黒髪は綺麗に整えられ、涼しげな目元と相まって知的に見える。

「言いがかりをつけて悪かった」

先ほどの『祖母を使ってこんな真似を？』という言葉を指しているのだろう。もしかしたら史花が優成との間を取り持ってほしいと、喜乃が彼の祖母だと知って頼み込んだと勘繰ったのかもしれない。

「いえ、のこのこ来てしまった私も悪いので」

安易に頷いたのがいけなかった。

喜乃と優成の名字が違うため、まさか身内とは思いもしない。

（でも、同じ名字だったとしても、津城さんとは結びつかなかっただろうな。喜乃さんに職場の話をしていればよかった）

そうすればこんな事態は避けられただろう。優成はなにか理由があって結婚しないようだし、祖母とふたりでお茶をするものと思っていたのに、よく知りもしない史花が一緒だと知れば不快に思って当然だ。

「史花さん、そんなことを言わないで。これはきっと運命よ」

「はい？」

「え？」

喜々として目を輝かせる喜乃を優成と揃《そろ》って見る。

「だって、たまたまフラワーアレンジメント教室で出会って仲良くなった史花さんが、私の孫と同じ職場で働いているんですから。こんな偶然がある？　ないわよ」

自分の問いに自分で答える喜乃の興奮は収まらない。ふたりを交互に見て、身振り手振りでいかに運命的なのかを説く。

「優成、さっきも言ったけど、史花さんはとっても真面目で謙虚なの。体調を崩した私を親身になって介抱してくれる親切な女性なのよ。史花さん、優成はこう見えて優しいの。知っているかと思うけど、仕事はバリバリこなすし頼りがいもあるわ」

喜乃がそれぞれをアピールして売り込む。

優成はさておき、自分については過大評価だと史花はタジタジだ。

「横瀬さん、悪いが俺は結婚する気はない」

喜乃の懸命の売り込みをはねつけ、優成がきっぱり告げる。他社のＣＡから言い寄られて断ったときのように、付け入る隙を与えない鋭さだった。もっともそれは史花が目にした光景ではないけれど。

「はい、承知しています」

態度からも言葉からも、結婚を拒む強い意志を感じる。

（そういえば津城さんは女嫌いだってＣＡたちが噂していたけど……。そもそも女嫌い以前に私みたいな女が相手だから、紹介されてがっかりしたんだろうな）

エリートパイロットであり恋人になりたいと女性たちから熱い視線を浴びるような彼が、いくら祖母に頼まれようと地味な史花との結婚を考えるはずもないのだ。

むしろこの場に来たこと自体が申し訳ない。

「優成、そんなこと言わないの。私の大切なお友達なのよ？」

「喜乃さん、お気になさらないでください。私なら平気ですから」

複雑な空気を感じ取ったのか、コーヒーを運んできた店員がどうしようかと数歩離れたところで足踏みしていた。

史花は目で〝大丈夫です〟と合図を送り、無事に置かれたコーヒーカップを手に取る。いつもは砂糖もミルクも入れるが、なんとなく手にできずにブラックのまま口にした。

案の定、苦くて思わず顔をしかめると、喜乃はそれを違う意味で受け取ったらしい。

「ごめんなさいね、史花さん」

「あ、いえ、違うんです。私は本当に大丈夫ですから」

優成は当然の反応をしただけ。それに史花は、彼女の孫に引き合わされただけだ。

ところが喜乃も引かない。

「でも、ふたりとももう一度じっくり考えてみたらどう？　今ここで結論を出さなくてもいいと思うわ。私、ふたりはとってもお似合いだと思うもの」

諦めきれないらしく、喜乃はその会がお開きになるまでそれぞれに相手を推薦し続けた。


喜乃たちと別れて帰宅した史花は、母の帰りを待ちつつ夕食の準備に取りかかった。昨夜のうちから、今日はグリーンアスパラとタケノコ、春キャベツのカレーと決めている。春の野菜をたっぷり使ったカレーだ。

都心から離れた自宅は、史花が生まれて間もなく完成した一軒家である。父が亡くなって母娘ふたりきりになったとき、３ＬＤＫはふたりには広すぎるからと母は処分も考えたそうだが、思い出が詰まった場所を結局は手放せなかった。

具材を煮込み、ルーを溶かし終えたところでタイミングよく母、琴子《ことこ》が帰宅。ショートボブの髪を揺らしながら、キッチンに顔を覗かせた。笑うと大きな目元に皺《しわ》が刻まれるが、頬の艶や張りには五十八歳とは思えない若々しさがある。

「ただいま、史花」

「おかえりなさい。ちょうどカレーが出来上がったところだよ」

「ありがとう。手を洗ってくるわね」

琴子に頷き返して食器棚から皿を取り出しながら、史花は今日の午後、喜乃に優成を紹介されたときのことを思い返していた。

（喜乃さんはもう一度考えてみてって言ってたけど）

ふと彼との結婚生活を想像してみたものの……。

（ないない。どう考えてもありえないわ）

頭をぶんぶん横に振って否定する。想像するのも申し訳ないくらいに不釣り合いだ。なんの面白みもない地味な史花が、スペックの高い彼と結婚していいはずがない。喜乃には申し訳ないが、やはり答えはノーだ。とはいえ史花が返事をする前に彼のほうからお断りだろう。

「そんなに頭を振って、どうかしたの？」

琴子がクスクス笑いながらキッチンに入ってきた。

「あ、ううん。なんでもない」

取り繕《つくろ》ってカレーを皿に盛り、ダイニングテーブルに並べる。琴子と揃って「いただきます」と手を合わせた。

「それで今日のお花のレッスンはどうだったの？」

「その成果ならあそこに」

そう言って、ダイニングルームの一角を指差す。レッスンで完成したアレンジが飾ってある。

「ポピー？　かわいらしいアレンジね。お友達とのお茶も楽しんだ？　喜乃さんといったかしら」

「うん、喜乃さん。……楽しかったよ」

つい目が泳いでしまった。楽しいというよりは、ものすごく緊張して体は未だにカチコチだ。

「そう、それはよかったわ。でもお母さんは、たまにはデートの話も聞きたいんだけどね」

「えっ？」

「そういうのないの？　史花も二十七歳だし、そろそろ結婚を意識する年頃でしょう」

「結婚なんて全然」

頭と一緒に右手も激しく振る。どうして今日はこんなにも結婚の話題を振られるのだろうか。

「お父さんを早く亡くして、ひとり親で昔から寂しい思いばかりさせてきたからね。いい人が現れても、結婚して幸せな家庭を築くイメージができないのかな……」

「そんなことないよ！」

顔を曇らせた琴子に必死に否定する。決してそういうわけではない。

「そう？　史花には申し訳なかったなって、この頃よく考えるの。もっとあたたかな家庭を実感させてあげたかったなって。天国のお父さんも心配してるだろうな」

「私はお母さんとふたりでも寂しいなんて感じなかったよ。学校行事だって仕事の都合をつけて参加してくれたじゃない」

父を亡くした当時、専業主婦だった母は独身時代に取得した調理師免許で老人ホームに就職。史花のためにシフトを駆使《くし》して働いてくれた。入居者たちの食事のサポートは今も続けている。

「私に彼氏ができないのは、この生活とは関係ないの。私、こんなだからなかなかね」

「なに言ってるの。史花はとっても素敵な女性よ？　お母さんは自信を持って推薦できる」

「それは親の欲目」

琴子は胸を張って強く頷くが、史花は笑って否定した。

「でもありがと。それと、心配かけてごめんね」

史花にまったく浮いた話がないばかりに、母に余計な心配をかけているのは事実。

反省だ。

「冷めちゃうから食べよう、お母さん」

「そうね。春野菜のカレー、おいしそう」

琴子は気を取りなおしたように、うれしそうにスプーンを持った。


二日間の休日が明け、史花はいつものように出勤した。今日から四日間、午後三時半からの夜勤がはじまる。

「お疲れさまです」

挨拶をしながらデスクに向かう。

「ふみちゃん、お疲れ。英気を養ってきたかい？」

椅子に座ってすぐ、いつもの溌剌《はつらつ》とした調子でセンター長の木原が声をかけてきた。

「英気を養えたかどうかはわかりませんが、しっかり休んできました」

「それはなにより」

初日は外出したが二日目から今日の午前中にかけて自宅でゆっくり過ごしたため、体力は全回復。元気だ。

「じゃあ今日もがんばっていこう」

「はい」

力こぶを作って史花を応援する木原に、背筋を伸ばして会釈した。

早速、これから今日の最終便までで担当する航空機や、その日の気象状況の確認に入る。

フライトコントロールセンターは国際線と国内線とで業務が分かれており、史花は国内線を受け持っている。フライトプランの作成には離陸する羽田空港周辺だけではなく、航空機の飛行ルートはもちろん、着陸する空港周辺も含めた全国の天気をチェックしなければならない。晴れや雨などの大まかな情報だけでなく、風向きや風速まで必要となる。

（移動性の高気圧に覆われてるから、次第に天気は崩れていきそうね）

春や秋によく現れる移動性高気圧は、高気圧の中心の東半分は乾燥して晴天となるが、中心が通過すると上層や中層の雲が広がりはじめ、次第に天気は下り坂になる。

気象情報をもとに一便ずつ丁寧にフライトプランを作成していく。そうして離陸した航空機のフライトウォッチと並行して仕事を進め、きりのいいところで夕食をとることにした。

持参したお弁当を手にフライトコントロールセンターを出て社員食堂に向かって歩

いていると、進行方向からふたりのパイロットが歩いてくるのが見えた。

史花は煌《きら》びやかなパイロットやＣＡを直視できない。ふたりから目線を外して足を進めていくと、そのうちのひとりがふと足を止めるのが視界の隅に入った。

「横瀬さん」

名前を呼ばれて足を止め、そこで初めて顔を見る。優成だった。

制服に制帽姿の彼は、噂通りの凛々《りり》しい姿だ。ＣＡをはじめとした女性たちが騒ぐのも無理はない。

彼は一緒にいたパイロットに「あとから追いかける」と告げ、史花を見た。

「あとで少し時間を作ってくれないか」

「これから夕食なので、今なら大丈夫ですけど……」

「悪いな。それじゃ、展望デッキに行こう」

おそらく先日の一件を話したいのだろう。喜乃伝手《づて》ではなく、史花本人に直接断るために。

進行方向の右手に展望デッキに通じる通路があり、史花はそこを目指す彼の背中を追いかけた。

ドアからデッキへ出た瞬間、少し冷えた風が頬を撫でていく。この頃、昼間は日差しを強く感じる日も増えたが、さすがに夜はまだ肌寒い。

行き交う航空機と滑走路のライトが美しい夜景を作り出す。デッキにはその光景を見ようとたくさんの人がいた。

オーシャンエアラインに就職したばかりの頃は、史花もそうしてここからの景色を楽しんだものだ。

人の波が切れた場所で彼が振り返る。

「この前は失礼な態度をとって悪かった」

「いえ、私のほうこそ、よく考えもせずに出向いて申し訳ありませんでした」

いきなり謝る優成に、史花も頭を下げる。

「勇み足の祖母を許してほしい」

「許すもなにも、喜乃さんはなにも悪くありませんから」

孫を想《おも》うがゆえの行動だったのだろうから。

「それで先日の件だけど」

「本当に大丈夫です。津城さんのお気持ちならわかっていますから」

返事を聞くまでもない。いくら考えなおそうが、固い意志に変化はないだろう。

「俺との結婚を前向きに考えてくれないか」

「はい、前向きに――って、……はいっ⁉」

彼の言葉をなぞったあと声がひっくり返った。

（前向きに……？　どういうこと？）

激しく瞬きを繰り返して彼を見つめ返す。

優成は真顔で、冗談を言っているようには見えなかった。そもそも彼とはジョークを飛ばし合うほど親しい仲でもない。

「あれからいろいろ考えて至った結論なんだ。俺と結婚してほしい」

（わ、私と結婚⁉）

「ちょっと待ってください。どうしてそうなるのでしょうか……⁉」

突然のプロポーズに困惑する。

喜乃に紹介されたあの場で、優成はきっぱりと断っていた。喜乃にはもう一度よく考えてと言われたけれど、どうして二日間のうちに気持ちが一八〇度変わったのか。

「俺は昔から女性に対していいイメージを持ったことがない」

「それはつまり……女性がお嫌いだと」

優成が躊躇《ためら》いもなく頷く。

環たちＣＡがしていた噂話は事実だったらしい。

「幼い頃に両親が離婚して、俺を引き取った母親は恋愛に奔放《ほんぽう》でね。結婚と離婚を何度繰り返したか。そんな姿を長年見てきたせいか、女性に対する不信感がどうしても拭《ぬぐ》えない。パイロットになってからは、肩書きや見た目だけで判断した女性がやたらと近づいてくるし、正直うんざりしている」

首を小さく横に振りながら、優成が肩を竦《すく》める。

(それならどうして私と結婚を?)

彼の境遇を聞いてもピンとこない。

史花の疑問を感じ取ったのだろう、優成がさらに続ける。

「じつは祖母は一年前に大病を患って、次に倒れたら再手術と言われてる」

「えっ、そうなんですか!?」

優成によると、喜乃は過去に心臓の大きな手術を経験しているという。

(いつもニコニコして元気な喜乃さんが病気だなんて信じられない)

史花が教室に入会してすぐ、帰り道で喜乃が体調不良で蹲《うずくま》ったのはその影響だったのか。

「この前はいきなりキミを紹介されて結婚なんてと突っぱねたが、祖母を一番安心させられるのは結婚なんじゃないかと」

「……それじゃ、喜乃さんを安心させるために結婚を？」

「ああ。俺は祖母に育てられたも同然だからね」

もしかしたら彼にとって喜乃の存在は、母親以上のものなのかもしれない。恋愛体質で家庭を顧みない母親よりも、祖母との絆のほうが強いのではないか。

男っ気のない史花を心配する母をふと思い出した。大切な身内を安心させたいという想いなら史花にもわかる。

「それに、女性除《よ》けにもなる」

「ですが、津城さんなら私ではなく、もっとお似合いの方がほかにいらっしゃるのではないでしょうか」

既婚者になりたいだけなら相手は史花でなくてもいい。むしろ、史花ではダメだろう。立候補したい人はたくさんいるだろうし、適任者ならほかにいくらでもいる。

「キミの人となりなら、あのあとも祖母から延々聞かされている。俺の母とは真逆だともね」

それはきっと恋愛経験の乏しさを指しているに違いない。

喜乃には恋愛経験は一度しかないと話したことがあった。それも中学生レベルのおままごとのようなものだったと。

お粗末な話まで優成の耳に入ったのかと思うと、たまらなく恥ずかしい。

（それに、喜乃さんから私の話を聞いたといっても、よそゆきの一面だけだろうし……）

それだけで結婚を決めるのは無謀に思えた。

「お互いのことをほとんど知らないのに、本気で結婚を？」

「お見合い結婚はそういうものだろう。知らない者同士がお見合いの席で初めて会って、結婚するしないを決めるのが一般的じゃないか」

たしかにそうかもしれない。恋愛結婚でない限り、知らない部分だらけで夫婦になるだろうから。

かといって、今ここで心を決められるかと言ったらそうではない。

「少しお時間をいただけますか？　津城さんがそこまで覚悟を決めているのでしたら、私もしっかり考えます」

軽い気持ちで答えてはいけない問題だ。

「わかった。答えが出たら連絡をもらいたい」

優成はポケットからスマートフォンを取り出した。連絡先を交換しようというのだろう。

史花もスマートフォンを手に取り、お互いに電話番号を登録し合う。

ふと、優成が他社のCAに会社の電話番号を伝えていた目撃談を思い出した。

貴重な個人情報を史花に教えるくらいだから、彼が相当な覚悟を持っているのがわかる。

「いい返事を待ってる。休憩中に悪かった」

「いいえ、大丈夫です。このあとフライトですよね。お気をつけて」

彼が機長を務める仙台《せんだい》行きのフライトプランは、史花が休憩前に作成したものだ。

夕食をとったあとには、安全な航行ができるようフライトウォッチが待っている。

優成は帽子に手を添えて頷き、史花に背を向けた。

「私も早いところご飯を食べて、仕事に戻らなきゃ」

史花も彼のあとを追うように建物内に向かった。


それからの三日間、史花は優成のプロポーズの返事に迷いに迷っていた。

ふとした仕事の合間や休憩中、通勤や帰宅の電車の中でも。あまりにも考え込んで、眉間に寄った皺が一生消えないのではないかと心配になるほど。トイレに行って鏡に映る顔に自分で驚くたびに、慌てて指で眉間を伸ばしている。

夜勤が明けて帰宅し、空のお弁当箱を洗いながらその話がやはり頭に浮かんだ。

彼との結婚を悩む理由はふたつある。

ひとつ目は優成との釣り合い。女性の誰もが憧れるエリートパイロットの結婚相手が、地味で冴えない自分で本当にいいのか。並ぶ姿を想像しても全然しっくりこない。

ふたつ目は、交際もしないで結婚してうまくいくのか。恋愛経験がないに等しいため、恋人をすっ飛ばしていきなり夫婦になる自信がない。

彼とは業務上の接点しかなく、プライベートでしゃべったのは喜乃に紹介されたときだけ。そんな相手と交際もしないまま結婚生活を送っていけるのか。

そのふたつを悩みはじめると止まらなくなる。

(でも……)

母が先日ふと漏らした言葉が、史花はずっと引っかかっていた。

『お父さんを早く亡くして、ひとり親で昔から寂しい思いばかりさせてきたからね。いい人が現れても、結婚して幸せな家庭を築くイメージができないのかな……』

寂しそうに呟いた母の顔が、史花の頭から離れない。

きっと今でもそう憂《うれ》えているだろう。

この機会を逃したら、真面目すぎて男性に敬遠されがちな史花はたぶん結婚できない。恋愛に不向きだから結婚は夢のまた夢だ。

でも優成の提案に乗れば、母を安心させられる。それは女手ひとつで史花を育ててくれた母へのなによりの親孝行だ。

不釣り合いなのは自分が一番知っている。優成だってその点はよく考えただろうし、彼が史花でいいと言ってくれているのだから、史花は深く悩む必要はないような気がしてきた。

彼が言っていたように、お見合いはよく知らない者同士が結婚する手段。交際〇日で結婚するのは珍しくない。

そう考えると、非現実的だと思っていた彼との結婚が急に身近なものに感じてくる。

「うん、決めた」

史花が声に出すと、出勤準備を整えた母、琴子が「なにを決めたの?」と隣から顔を覗き込んできた。

「はい、布巾」

「ありがとう」

差し出された布巾を受け取り、お弁当箱を拭く。

「お母さんが帰ってきたら報告があるの」

「あら、なにかしら」

「はっきりしたら話すね」

彼への返事が先だ。

「そう。わかったわ。じゃ、いってきます」

「いってらっしゃい」

キッチンで母を見送り、史花はバッグからスマートフォンを取り出した。

登録されたばかりの優成の連絡先を表示させ、メッセージをタップする。

【横瀬です。結論を出したので、お時間を作っていただけないでしょうか】

一生を左右する大事な返事のため、メールや電話では済ませたくない。顔を見て直接伝えたかった。

大きな決断を下した緊張感に包まれる中、最後まで文字を打ち終える。深く吸い込んだ息を吐き出すと同時に、送信ボタンをタップした。

# 視界不良のテイクオフ

夜勤が明けた二連休の二日目、史花は優成に指定されたホテル、ラ・ルーチェのラウンジへやって来た。そこは喜乃に彼を紹介された場所でもある。

優成から返信があったのは、史花がメールを送った夜。彼と休みが合ったため、早々に会う日がセッティングされた。

午後の日差しが射す窓際のテーブルに案内された史花は、そわそわと落ち着かない。心を決めてここへ来たとはいえ、結婚の返事という一大事。店員が運んでくれた水を飲んでなんとかやり過ごす。

ゴールデンウィークを目前に控えた四月後半の太陽は、初夏を思わせるほど力強い。ここ数年、春が短くなったなぁなどと考えていると、ラウンジの入口に自然と目が吸い寄せられた。優成だ。

淡い色合いのブルーシャツにグレーのヘリンボーン柄のジャケットと、ネイビーのストレッチパンツを合わせた涼しげなスタイルがよく似合い、陽光を直接浴びているわけでもないのに眩しい。

（容姿に恵まれた人って、体の中から光を帯びてるのね……）

ほかのお客さんも見ずにはいられないのだろう。チラチラと視線を投げかける女性たちの目は、みな一様に熱っぽい。

（これで彼がパイロットだと知ったら、きっと輪をかけて熱視線が注がれるだろうな）

そういうものにうんざりしていると彼は言っていたけれど。

そんな優成が、たくさんの視線を連れて歩いてくる。史花のテーブルで彼が足を止めると、それらの視線が今度は史花に移った。

〝え？　あの女性と待ち合わせ？〟〝なんか釣り合ってないんだけど〟

そんな心の声が聞こえてきそうでハラハラする。

なにしろ史花は今日も、アイボリーのブラウスにブラウンのワイドパンツという地味コーデ。そのうえヘアスタイルも仕事中と変わらず一本縛りである。

優成のように内面から輝きを放つような女性なら、きっとそんなスタイルでも様になるのだろうけれど。

（でも、これがありのままの私だものね）

決して卑屈になっているわけではない。

「待たせたな」

「いえ、私も少し前に着いたばかりです」

向かいの椅子に座った優成が「注文は？」と尋ねる。

「まだしていません」

「なににする？」

「ではアイスコーヒーをお願いします」

優成は水を運んできた店員にふたり分のアイスコーヒーを注文するや否や、本題に入る。

「早速、返事を聞かせてくれないか」

「は、はい」

史花は両手を膝の上に揃え、背筋をすっと伸ばした。

「今回のお話、お受けしようと思います」

大事な返事のため、ゆっくりひと言ずつ丁寧に伝える。覚悟を決めたとはいえ、大きな決断は史花を緊張させた。

「前向きな返答をありがとう」

淡々とした口調と言い回しは、プロポーズの返事に対するものには聞こえない。まるで業務連絡みたいで、一瞬フライトコントロールセンターにいるかのような錯覚を覚えた。

ふたり揃って表情が硬いため、きっと周りの人たちの目にも、今まさに結婚が決まったカップルには見えないだろう。なんとなく間がもたず、史花は目線を左右に揺らしながら自分の手元に落とした。

「お待たせいたしました」

運ばれてきたアイスコーヒーにガムシロを注ぎ、ストローでかき混ぜる。

「今後の話だけど」

「はい……」

優成はさらに話を進めていく。

結婚が決まったとなれば、住む場所や会社への報告など話し合いが必要だろう。スケジュールを立ててひとつずつクリアしていかなければならない。

「キミのご家族への挨拶をしたら、早々に婚姻届を提出しようと思ってる」

「そう、ですか」

結婚は何カ月も準備をしてするものと思っていたため、スピード感に目を丸くする。

今日明日中にでも結婚しそうな勢いだ。

「なにか不都合が？」

史花が驚いたのが伝わったのか、優成が冷静に聞き返す。ふたりの結婚の目的を忘れたのか？と問われれているみたいだ。

この結婚は彼の祖母と史花の母を安心させるのが狙いであり、優成に近づく女性たちを除けるためでもある。となると、じっくり準備するより素早く動いたほうが好都合なのだろう。

「いえ、それで大丈夫です」

「婚姻届を提出したら、会社にも報告したい。それからキミの住まいはどこなんだ？」

「父は幼い頃に亡くなって、今は母とふたりで郊外に住んでいます」

家族構成すら知らない相手と結婚するというのだから、人生なにが起こるかわからないものだ。

「それじゃ俺のマンションで新生活をはじめるのがいいだろう。空いてる部屋はあるし、空港もすぐだ」

「空港から近いんですか？」

「電車で二十分、車だと三十分」

「近いですね。うちは電車で一時間半はかかります」

通勤時間が短くなるのはとてもありがたい。

「それじゃ決まりだ。今日、このあとの予定は？」

「特にありませんが」

「マンションに案内しようと思う」

「津城さんのマンションに？　今日これからですか？」

展開のあまりの速さに声が裏返った。まだ返事をしたばかりだ。

「予定があるなら改めるが、引っ越す前に一度見ておいたほうがいいだろう」

たしかに引っ越すタイミングで初めて見るより、予《あらかじ》め見ておいたほうがいい。婚姻届も早く出すと決まったし、新生活がはじまるのもすぐ。いきなりで驚いたが、彼なりの気遣いだろう。

「そうですね。よろしくお願いします」

アイスコーヒーを飲み終え、ラウンジをあとにした。

駐車場に止めていた彼の車に案内され、早速マンションを目指す。

電車で来ているものと勝手に思っていたため、エントランスでポーターが彼の車を横づけしたときには慣れない扱いにソワソワした。

外国産の黒い高級車に乗ること四十分、到着したのはグレーのタイル張りの外観が重厚な印象の低層型マンションだった。綺麗に手入れされた青々とした植栽が彩を加えている。

地下駐車場に車を止め、エレベーターで一階エントランスロビーへ上がる。ベージュを基調とした落ち着きのある壁と、輝く大理石のフロアが史花たちを出迎えた。奥行きがあり、天井も高い。真正面にあるカウンターに黒いスーツを着た女性がひとりいた。

(もしかして、このマンションにはコンシェルジュがいるの?)

外観やロビーの様子から高級なのは予想がついたが、噂にしか聞いたことのないコンシェルジュがいるとは思いもしなかった。

「津城様、おかえりなさいませ」

丁寧に頭を下げた女性の目線が隣を歩く史花に注がれ、優成が立ち止まる。

「こちらは私のフィアンセです。近々一緒に生活をはじめますので」

「よ、横瀬と申します。よろしくお願いします」

優成に紹介され、フィアンセという言葉に動揺しながら急いで頭を下げた。

「承知いたしました。なにかございましたら、遠慮なくお申しつけくださいませ」

にこやかに微笑み返され、緊張気味に目礼で返す。

「行こう」

優成に促され、エレベーターに乗り込んだ。

外から見たときにはもっと高さを感じたが、階層ボタンからマンションが三階建てだとわかる。優成の部屋は最上階にあるらしい。

エレベーターを降りて左手の通路を進んですぐ、優成は足を止めた。木製の二枚扉を開錠し、中に誘われる。

「お邪魔します」

広い玄関フロアを抜けると、天井の高いリビングが現れた。

白い壁とフロアと真っ青なソファとのコントラストが美しい。レモン色のクッションが差し色でよく映える。大きな窓の向こうにはバルコニーもありダイナミックな造りだ。史花が暮らす一般家庭の住居とはおおよそ違う。

「すごいですね」

そんな言葉しか出てこない。

(近い将来、ここで津城さんと暮らしていくんだ……)

バスルームやキッチンなどすべての部屋をひと通り案内されたが、想像が難しくて自分が暮らす画《え》が全然浮かばない。

物置にしている八畳の部屋を史花に与えてくれるそうで、すぐにでもベッドなどを準備してくれるという。

寝室も案内されたが、そこでは一緒に寝ないようで密かにほっとする。結婚するとはいえ、気持ちが伴わないまま〝夫婦生活〟を送らなくてよさそうだ。

（でも、津城さんって女嫌いなのよね。ということは、そういった関係も必要ないのかも……？）

疑問が浮かんだものの、さすがにその手の質問はしづらい。

リビングに戻りソファに座ると、優成はなにかを手にして史花の隣に腰を下ろした。

「ここにサインをくれないか」

「えっ」

婚姻届だ。テーブルに薄い用紙が広げられる。

返事をした直後にサインまで求められるとは思ってもみなかった。

優成が訝《いぶか》しげな目をして史花を見たため慌てる。

「あ、すみません。大丈夫です……」

とは言ったものの、動揺したのは事実。結婚の意思を伝えたくせに、今ひとつ現実味がなかったせいかもしれない。自分の身に起きていることなのに、どことなく他人事のような感覚だった。

それが今、婚姻届を目の当たりにし、強制的に実感させられている。

生涯縁がないと思っていた結婚を、史花は優成としようとしているのだ。

改めて自分に言い聞かせる。

「結婚は覚悟を決めたので書きます」

腹をくったことを彼にしっかり伝えるために強く頷いた。


その夜、史花は仕事から帰った母、琴子に「話があるの」と声をかけた。

「あら、神妙な顔をしてなにかしら」

指摘され、急いで口角を持ち上げ取り繕う。緊張が表情に出てしまったみたいだ。

食卓には夕食の準備が整っているが、食べる前に話しておきたい。

ダイニングチェアに座った琴子と夕食を挟んで向かい合う。

「じつは結婚したい人がいるの」

史花が打ち明けると、琴子は目を固く閉じ、またすぐに開いた。半開きにした口からも、驚いているのが手に取るようにわかる。

「……今、結婚って言ったの？」

「うん。結婚します」

「ちょっと待って。少し前にお付き合いしている人はいないって」

琴子の反応は無理もない。事実、そのときには恋人などいなかったのだから。

かといって、包み隠さず交際〇日婚とは言えない。彼氏ができない以上に母を心配させるに決まっているからだ。

「恥ずかしくて言えなかったの」

そう言い訳する以外にない。

「ドッキリかなにか？　……じゃないわよね。本当の話なのね？」

史花を探るように見つめる目が、徐々に喜びに満ちていく。

「近いうちに彼も挨拶に来たいって言ってるから、会ってもらえる？」

「もちろんよ。それでお相手はどんな方なの？」

「オーシャンエアラインのパイロットで」

「まぁ！　お父さんと同じ⁉」

琴子がテーブルに身を乗り出しすぎて、手前のお皿がカチャンと音を立てる。

「ふふ、つい興奮しちゃったわ。そう、史花が結婚……。あ、そうだわ、こうしちゃいられない。ご飯の前にお父さんにも報告してこなくちゃ」

琴子は手をパチンと叩き、仏壇がある部屋にうれしそうに向かった。

それからゴールデンウィーク明けに婚姻届を区役所に提出するまで、めまぐるしく時間が過ぎていく。

優成は史花の母への挨拶を済ませ、喜乃にもふたり揃って会った。そのときの喜乃の喜びようといったらない。『このまま天に召されても思い残すことはないわ』などと言うから、『早まらないで』と説得するのに大変だった。

優成は父親とは疎遠で、母親は新しい家庭があるためメールで報告して終わり。姉もいるそうだが、現在はアメリカ住まいだという。そちらにもひとまず電話で伝えたそうだ。

史花たちは琴子と喜乃のふたりに証人欄へのサインをもらった足で、区役所へ婚姻届を出した。

結婚は勢いが必要だと、以前なにかの雑誌の対談で読んだことがあるが、まさか自分がそれを実践することになるとは……。

そもそも勢いとはいえ、一般的には交際を経て結婚に至るパターンが多いだろう。史花たちは恋人の期間がまさしく〇日。手を繋いだことすらない。

計画的に物事を進めるタイプの史花が、人生最大の分岐点である結婚をさらっと決めてしまった。それも相手は、男女問わず絶大な人気を誇るパイロット。仕事で関わりはあるものの、私生活では接点を持てないような相手だ。

(私って意外と大胆だったのね)

真面目一辺倒な自分の新たな一面を見つけた気分でもある。史花の乗った〝飛行機〟は、視界不良のテイクオフを試みたのだった。


繁忙期のゴールデンウィークが過ぎ、比較的穏やかなフライトコントロールセンターに出勤する。

「おはようございます」

日勤の二日目だが、昨日の史花とは少しだけ違う。

挨拶をしながらデスクに向かう途中、ふたりの同僚に引き留められた。

「ちょっとちょっと、横瀬さん！」

「はい、おはようございます」

「おはようなんて言ってる場合じゃないのよ」

ひとりは史花の腕を掴んで揺らし、もうひとりはこれ以上ないほどに目を丸くしている。白目はわずかに血走っていた。

「なにかトラブルですか？」

引継ぎを待てないほどの有事なのか。だとしたら大変だと、史花に緊張が走る。

「トラブルっていうか一大事！」

「どういった一大事でしょうか」

自宅で朝の天気予報を見た限りでは、フライトに影響を及ぼすような悪天候は見当たらなかったが。ＡＳＡＳやＭＥＴＡＲなどの詳細なデータでは、なにか懸念材料があるのだろうか。

「横瀬さんの結婚に決まってるでしょう」

「……えっ？　結婚、ですか」

「そうよ。あっ、ほら、社員証の名前が変わってる！」

史花が首から下げている社員証をひとりが指差した。

婚姻届を出したのは三日前。その翌日、総務部に結婚を届け出た。

社内に噂が広まらないよう総務部には秘密厳守をお願いするのかと思いきや、優成はその必要はないと言う。女性除けの意味もある結婚のため、秘密では意味がないのだと。

昨日は退勤前に総務部から新しい社員証をもらい、今日から津城姓のものを下げていた。

「キャーッ、津城さんと結婚したのは本当だったの!?」

「なにがどうしてそうなったの!?」

社内にはもう噂が広まっているらしい。史花ひとりならなんでもない情報は、優成が絡むとそうはいかないみたいだ。

たぶん彼ではない人が史花の結婚相手だったら、ここまで騒ぎにはならなかっただろう。

声をかけてきたふたりの同僚だけでなく、フライトコントロールセンター内の全方向から史花に視線の矢が飛んできた。

(ど、どうしよう……)

どう答えようかと史花が目を白黒させていると、センター長の木原がゆったりとした足取りで近づいてきた。

「はいはい、落ち着いて。業務中だって忘れてないかな？　まずは引継ぎをしようね。航空機は待ってくれないよ」

パンパンと手を叩いて指示を出す。さすがにまずいと悟ったふたりは「はーい」と素直に応じ、手を止めて史花を見ていたほかの同僚たちも目の前のモニターに目線を戻した。

「センター長、ありがとうございます」

「かく言う私も、衝撃を受けた人間のひとりだけどね」

舌をペロッと出し、木原がいたずらっぽく笑う。

「驚かせてすみません」

「いや、謝ることではないからね。明るいニュースでワクワクしたよ。でもまぁ相手が津城くんとなると、しばらくは注目の的になるだろうね」

「はい、覚悟はしています」

そんな彼と結婚する道を選んだのは自分なのだから。次の休みには彼のマンションに引っ越し、いよいよ結婚生活がはじまる。

「おお、頼もしいね。ま、なにかあったら相談に乗るよ」

「ありがとうございます」

「じゃ、気を引きしめて引継ぎといこう」

「はい」

いつものアメを差し出す木原の言葉に頷いた。

〝しばらくは注目の的〟という木原の言葉は、まさにその通りだった。

『どうしてあんな地味な横瀬さんがエリートパイロットの津城さんと結婚できたの？』

そんなヒソヒソ声があちこちから聞こえてくる。史花がトイレに立てば視線があとを追いかけ、ドリンクコーナーでコーヒーを調達していれば『津城さんがお相手って本当？』と声をかけられる。

〝おめでとう〟の言葉がないのは、史花がこれまであまり上手に人付き合いをしてこなかったせいもあるが、相手が優成だからという点が大きいだろう。特に女性たちからは〝どうして？〟と疑惑に満ち満ちた目を向けられている。あまり好意的ではない目だ。

区切りのいいところでお昼をとろうと社員食堂へ向かう途中、史花は唐突に通路を塞がれた。

「ちょっといい？」

史花の前にＣＡの小早川環が立ちはだかる。後ろにはふたりのＣＡを従えていた。

「どういう手を使って津城さんと結婚したの？」

両腕を胸の前で組み、詰問口調で問いかける。探るように目を細めた環は社員証を凝視し、眉間に皺を寄せた。その眼差しは言葉同様に刺々しい。

「津城さんのおばあ様と知り合って、紹介されたのがきっかけです」

変に隠し立てすると余計に怒りを買うかもしれないと、出会いを正直に明かす。

「やだ、彼のおばあ様に取り入ったの？」

「取り入るだなんて」

そんなことはしていない。

「おとなしそうな顔して、ずいぶんと手荒な真似をするのね」

信じられないといった様子で首を横に振り、さらに顔をしかめる。

「偶然知り合った方がお孫さんを紹介したいと言うので、会いに行ったら津城さんだっただけです」

本当にたまたまなのだ。史花自身だって未だに動揺が冷めない。

「まさか。そんな偶然がある？　信じられるはずもないでしょう。ねえ？」

肩越しに振り返り、ふたりのＣＡに同意を求める。

「そうよ。だけど津城さんもこんな人を選ぶなんて、どうかしてる。いったいどういうつもりなのかしら」

「おばあ様に従うしかなかったんじゃない？　津城さん、かわいそう」

環の言葉に続き、ふたりが援護射撃をする。

（津城さんがどうかしてる？　かわいそう？）

史花ひとりが悪く言われるのならまだしも、優成まで否定されるのは想定外だ。

もしかしたら史花との結婚は、彼にとってマイナスになるのではないか。喜乃を安心させられ、女性を遠ざけるのにはいいとしても、優成の評価まで下がるのは彼自身も考えなかったのかもしれない。

三人は口々に「なんの悪夢？　本当に信じられない」と言いながら、史花の前から立ち去った。


二日後、史花は母と長年暮らした実家をあとにした。

（ふたりでも持て余した３ＬＤＫの家だから、お母さんひとりでは寂しくなりそう）

父が亡くなってしばらくの間、ひとり分空いたスペースに慣れず、家にいるときには昼も夜も母と身を寄せ合っていたのが昨日のことのよう。

（でも、お母さんを安心させられたし。頻繁に顔を見せれば平気よね）

感傷に浸りながらも気を持ちなおし、優成のマンションへ越してきた。

電化製品はひと通り揃っているため、史花は洋服類や小物だけ。少ない荷物のため片づけはあっという間に終わった。

一度案内されたときに荷物が置かれていた一室は綺麗に片づけられ、彼が言っていたようにベッドやソファ、小さなテーブルが置かれていた。史花の好きに使っていいと言う。

ベージュを基調にした優しい色合いのファブリックは、普段の史花の服装からヒントを得たのだろう。ちょっとした心遣いに勝手にうれしくなる。

「ほかに必要なものがあれば、遠慮なく言ってくれて構わない」

「十分すぎるお部屋なので、今のところはなにもありません」

むしろ整いすぎていて申し訳ないくらいだ。

「いろいろと準備してくださりありがとうございました。それと、津城さんにもう一度確認したいのですが」

優成が目で先を促す。

「今さらなんですけど、本当に私と結婚してよかったですか？」

「たしかに今さらだ」

優成にしては珍しく、ふっと笑う。

「すみません。津城さんのお相手が私だと、みなさん納得されないようで……」

これまで誰も史花など気に留めなかったのに、結婚の話が広まってからの三日間はこれまでの分を超越するほどの注目度。それもいい意味のものでないのが気がかりなのだ。どの視線も〝なんで？〟と疑問に満ちている。

「みんなの納得は必要ない。結婚は当事者の問題だから」

「そうなんですが、津城さんの人を見る目まで疑われているのが気になってしまって」

優成の正論はもっともだ。

(でも私と結婚しなければ、そんな陰口はなかったはずだから)

やはりどうしたって申し訳なくなるのだ。

「この結婚は女性を遠ざけるためのものでもあるから、俺にしてみたらむしろ好都合。平気だ。だからキミも気にしなくていい」

優成はまるで気にもせず、サラッと言った。

史花への気遣いもあるのかもしれないが、なにより彼の本音だろう。女嫌いの彼にすれば結婚はあくまでも予防線であって、相手は誰でもいい。

女性が寄りつかない〝盾〟が欲しかっただけ。だから、どう噂されようと問題ない。それなら史花がいつまでもうじうじ悩むのは、かえって優成の負担になるだけだ。

「わかりました。では、今後気にしないようにします」

史花は、ようやく心がすっきり晴れた気がした。

「それと……」

史花にはもうひとつ気になることがある。

「夫婦になったので、呼び方を変えたほうがいいのかなと思ったんですけど、どうですか？」

「呼び方？」

「はい。名字で呼ぶのは変かなと」

史花も津城姓になったので、彼を名字で呼ぶのは不自然に思えた。

「たしかにそうだな」

一瞬考えるように宙で視線を揺らしてから、優成が同調しつつ続ける。

「となると下の名前か」

「津城さんがそれでもよろしければ」

「俺はべつに構わない」

「では……優成さんと呼ばせてください」

自分で提案したくせに、実際に口にすると妙に気恥ずかしい。意識しているわけではなく、慣れない状況のせいだ。

「それじゃ俺も史花さん、……いや、史花と呼び捨てでも？」

優成が、さん付けで呼んでから呼び捨てに言いなおしたためドキッとする。

史花とは違い、照れも迷いもない言い方だった。まるで棚に陳列された商品名を読み上げているよう。

史花の鼓動が意図せず弾んだのは、男性に呼び捨てにされるのが父親以外では初めてのため。元彼はちゃん付けだった。

「はい、大丈夫です」

伝達事項のひとつだと取り澄《す》まし、平静を装って答えた。

(この程度でどぎまぎしていたら話にならないのに……。いくら形ばかりの夫婦といっても、少しずつ彼に慣れていかなくちゃ)

周りの人たちに不自然に見えたら元も子もない。女性除けとして妻となったからには、その役目はしっかりこなしていこうと密かに決意した。

# 濃霧発令中の新婚生活

六月に入り一週間が経った頃、気象庁は梅雨入りを発表した。

優成と結婚して一カ月が経過し、史花は新生活にも慣れつつある。なによりうれしいのは、職場までの時間が大幅に短縮されたことである。

それまで電車で一時間半かかっていた通勤時間が、四分の一以下にまで減ったのだから。一日のうちに二時間も自由な時間が増えたのは、とても大きい。ものすごく得した気分だ。

ダイニングテーブルに座った史花は、向かいの席に準備した朝食を見やる。その席に座るべき優成は、少し前に家を出ている。

事前に聞いていた彼のシフトによれば、今日は日勤の史花と同じくらいの時間の出勤だと見込んでいた。ところが一緒に食べようと準備した朝食の席には、史花がひとりきり。

『体力勝負のお仕事なんですから、朝食はしっかり食べたほうがいいと思います』

支度を終えた彼に伝えたものの、『時間がない』とあっさり振られてしまった。

それならせめて、おにぎりでも作って持っていってもらおうとしたら、それも必要ないと言う。

フライトで不在だったり外食で済ませたりと、優成はほとんど自宅で食事をしていない。

母に代わって家事をしてきたため、史花は食事の準備はお手の物。ひとり分もふたり分も手間に大差はないから、彼の分も一緒に作るのはなんでもないのだ。

ところが、これまで何度か優成に声をかけているが、『俺のことは気にしなくていい』と言われてしまう。

(単なる同居人でも、気になるのが普通じゃないのかな)

そこでふと、婚姻届を書いたときに彼が言っていた言葉を思い出した。

『キミの好きにしたらいい。変わるのは名字だけ。……まぁ生活拠点はここに変えざるを得ないが、あとはこれまでと同じと思ってもらって構わない』

そうだ。優成は独身のときの生活スタイルを変えるつもりはないのだ。紙きれ一枚の契約書である婚姻届で関係を結んだだけ。史花と本物の夫婦になろうとは思っていない。

(だから、これでいいんだ。彼がそう望んでいるんだから。私だって、お母さんを安

心させるために彼との結婚を決めたんだもの）

あれこれ考え事をしながら空港に向かう電車に乗ると、木原がドア付近の吊革に掴まって立っていた。座席はぽつぽつ空いているが、木原は健康のため普段から電車では座らないらしい。

「おはようございます」

「おはよう、ふみちゃん」

彼の隣に立ち、史花も吊革に掴まった。

ふっくらした頬のにこやかな顔にほっとして、自然と肩から脱力する。

「おや、どうしたんだい」

「あ、いえ、木原センター長を見ると安心するんです」

「それでため息？」

「……出ましたか？」

木原が微笑みながら頷く。

無意識にため息を漏らしたらしい。朝からいろいろ考えたせいだろう。

「なにか悩みでも？」

「いえ、そういうわけじゃありません。本当にほっとして出ただけなんです」

「それならいいけど。これからの季節は天候が不安定になりがちだから、フライトプランも悩ましいね」

木原はわずかに腰を屈め、窓の外に広がる空を見上げた。

つい先日、気象庁は梅雨入りを発表したばかり。木原の言うように空模様が安定しない日がくる。

「この時期はふみちゃんのお父さん、横瀬とはフライトプランでよく意見を交わし合ったものだよ」

「そうでしたか」

亡き父と木原はパイロットとディスパッチャーで職種こそ違うが、同期入社の中でも特別気が合ったそうで、史花が幼い頃には木原がよく自宅に遊びにきたものだ。

「昔は今のような専用システムがなかったからね。地道に積み重ねてきた経験と感覚やセンスがものをいったんだ」

「フライトプランも全部手書きだったんですよね？」

「そうそう。その航空機の巡航速度に対して、どういう風が入るかを予測して電卓で計算してたからね。横瀬とは意見がぶつかることもあったっけ」

「センター長と父のそんなやり取りを見てみたかったです」

父が生きていたら……と考えるときがたまにある。生きていれば、史花が作成したフライトプランで飛ぶこともあったかもしれない。

「いいパイロットだったよ、横瀬は。ふみちゃんが津城くんと結婚したのは、お父さんの姿を重ねたというのもあるのかな？」

「うーん、どうでしょうか」

そこまで意識はしていなかったように思う。なにしろ母を安心させるための結婚だから。とはいえ深層心理は自分でもわからない。

首を傾げながら答える史花をハハッと笑う木原を見て、ふと聞いてみたくなった。

「センター長は、お食事は奥様とご一緒に食べますか？」

家を空けがちなパイロットとは少し違っても、不規則な勤務をしている木原はどうしているのか気になったのだ。

「毎回とはいかないけど、時間が合うときは一緒だよ。なに、どうした？　津城くんと食べないのかい？」

「あ、い、いえっ、食べますよ」

まさか一度も一緒に食べていないとは言えない。契約結婚はふたりだけの秘密だ。

嘘に心苦しくなりながら、しどろもどろで答える。

「パイロットとディスパッチャーだからねぇ。顔を合わせない日が続くこともあるだろう？」

「そう、ですね」

顔を合わせても挨拶程度しか言葉を交わしていないとは、木原も想像しないだろう。しみじみと会話をしたのは、結婚前の打合せで会ったときくらいだ。

「でも夫婦はコミュニケーションが大事だからね。結婚したらそれで終わりじゃなく、ふたりともある程度努力は必要だよ」

「努力……」

ぽつりと呟く。

（でも優成さんも私も、既婚者になりたかっただけだから……）

お互いに夫や妻の存在が欲しかっただけだ。本物の夫婦になろうとはしていない。

「はい、これ」

木原はポケットからお決まりのアメを取り出し、史花に差し出した。

「ありがとうございます」

「さあ、着いたから降りよう」

「はい」

史花は、電車のドアが開き意気揚々と降りていく木原の背中を追いかけた。

夜勤のスタッフから引継ぎを終え、史花は様々な解析図や天気図を細かく確認しながらフライトプランを作成していた。

梅雨入りしたばかりの今日は、雲の合間に青空が見える。とはいえ前線の上には小さな低気圧が発生するため、梅雨時は二～三日という短い周期で天気が変化し、ときには大雨となるため要注意だ。

雨だけが原因で欠航にはならないが、視界が極端に悪いときや台風や雷が発生しているなど、プラスアルファの要因ではありえる。

そうして黙々とフライトプランを作成していると周りが急に騒がしくなり、不意に背後から声をかけられた。

「津城、さん」

振り返って初めて、呼び方がたどたどしい理由がわかった。優成だったのだ。声だけで判別できるような関係性は築いていていない。

「は、はい」

なにか私的な用事か、それとも仕事上の話か。

（朝食を一緒に食べられなかったことのお詫び？　でも、それは今日にはじまったことじゃないから今さらだし……。それじゃフライトの件でなにか？）

ほんの数秒のうちに用件の候補があれこれ浮かぶ。

「福岡便のフライトプランの確認をしたい」

業務の話だった。優成は真剣な表情を一ミリも崩さない。

やはりというか、あたり前だ。

エリートと名高い彼が、同僚たちの目が多くある場所でプライベートな話をするわけがないのだから。

「わかりました」

今朝、引継ぎをした直後、彼が機長として搭乗する便のプランを作成したのは史花だ。デジタル署名が入っているため、直接たしかめに来たのだろう。

オーシャンエアラインではディスパッチャーが運航管理センターへ送信したフライトプランは、ブリーフィングで確認したパイロットがなんの問題もないと判断すればそのまま使用される。しかしときに、こうしてパイロット自らフライトコントロールセンターに足を運んで確認する場合もある。

優成はタブレットを史花に差し出した。そこにはＦＳＡＳ２４――アジア地上２４

時間天気図が表示されている。高気圧、低気圧、前線や風などの二十四時間後の予想天気図を確認できるものだ。

「飛行予定の羽田から福岡付近はおおむね高気圧圏内だが、ここに気圧の谷があるだろう？」

優成が甲府《こうふ》盆地のあたりを指差す。

「はい。降水は予想されていませんが、気圧の谷はあります」

「ＶＭＣは維持できるか？」

ＶＭＣとは視界が一定の距離でクリアである状態を指す。飛行経路上の気象でとても重要なポイントだ。甲府盆地は離陸後およそ十分後に到達する地点である。

「視程は一〇キロ以上ありますが、離陸後、一〇〇〇フィートと三〇〇〇フィートにある雲には近づかないようにしてください」

フライト中は雲との距離を一定以上保つ必要がある。雲の向こう側にほかの航空機や障害物があった場合、視界が遮られて見えないためだ。

行き当たりばったりで雲を避ければ、冷静な判断ができない恐れがある。経路中に雲が予想される場合は、早めに降下したり横に避けたりしなければならない。

「了解。その確認だけ取っておきたかったんだ」

優成は一瞬だけ目をわずかに瞠《みは》り頷く。

さすがエリートパイロット。完成したフライトプランに闇雲に従うのではなく、違和感や疑問があれば自ら確認する優成の真摯な姿勢に好感を覚えた。

「私のほうも追記しておくべきでした。申し訳ありません」

座ったまま頭を下げ、戻したときに初めて、周りの光景が目に入る。あらゆる方向から史花と優成に好奇な視線が向けられていた。

彼との結婚が知れ渡って以降、史花の耳には〝凸凹《でこぼこ》夫婦〟〝ちぐはぐなふたり〟などと揶揄《やゆ》する声が頻繁に入っている。それらはすべて事実のため、史花は否定するつもりも腹を立てるつもりもないのだけれど。

みんなは、そんなふたりが一緒にいる場面を初めて見たのだから無理もない。夫婦っぽさがまったくない史花たちを見て、「ほんとに夫婦？」と囁き合う声が聞こえてきた。

仕事中だから律しているのとは違う。新婚なら、いくら隠そうとしても目線や仕草に甘い雰囲気は滲《にじ》んでしまうだろう。それが皆無なのだから。

（まずかったかな……）

彼らの視線を浴び、居心地が悪い。

「時間を取らせてすまなかった」

「いえ」

優成は淡々と言い、タブレットを抱えて颯爽《さっそう》とフライトコントロールセンターを出ていく。同じ便に乗るのだろうか、ドア付近に立っていたＣＡの環が彼を追った。

優成はこれから福岡へ飛んだあと札幌《さっぽろ》へ飛び、大阪《おおさか》へ。そこでステイし沖縄《おきなわ》へ行ったあと羽田へ帰ってくる予定である。

史花は、なにか飲み物でも買ってこようと席を立った。

通路で優成と環が親しげに話しているため、そのそばは通りづらい。当然ながら、ふたりの会話に割って入るつもりもないため足を止めざるを得なくなる。

「津城さん、ステイ先で一緒に夕食でもどうかしら」

環は、躊躇いもなく既婚者の彼を誘っていた。もしかしたら環もほかの人たち同様、史花たちが本物の夫婦でないのはお見通しなのかもしれない。

優成の横顔が、自分と対応しているときとは違い気安く応じているように見えて、ふと思う。

（女嫌いって言っても、やっぱり華やかな女性のほうが一緒にいて楽しいよね）

優成は史花には見せない表情をしていた。

いくら女性除けのためとはいえ、面白みのない真面目一辺倒の史花が妻で、優成は本当にいいのだろうか。

そんな疑問を再び抱きながら、遠くからこっそりふたりを見つめた。


優成の祖母、喜乃がふたりの新居を訪れたのは、その二日後の午後だった。

史花と優成のふたりそれぞれに【新居で結婚のお祝いをさせて】と再三にわたりメールが届いていたが、喜乃にとってはようやく叶った訪問である。

「まぁ、綺麗にしてるのね」

リビングに案内された喜乃が、部屋をぐるっと見回して感心する。優成の独身時代、喜乃はたまにここを訪れては掃除をしたり、食事の準備をしたりと世話を焼いていたらしい。

食事は完全にすれ違いだが、共有部分の掃除はふたりで交代制にしている。

「これ、ふたりにプレゼント」

「ありがとうございます」

「おばあちゃん、ありがとう」

大きな紙袋を差し出され、優成と揃ってお礼を言う。

受け取るのは優成のほうがいいだろうと、いったん出した手を引っ込めたが、彼まで遠慮したため紙袋がフロアに落ちる。

「ごめん」

「私こそ、ごめんなさい」

すかさず拾い上げるが、今度は揃って引っ張ったため持ち手が破れてしまった。

まったくもって気が合っていない。

慌てて笑顔で誤魔化し、今度こそ袋をソファの隅に置いた。

「今、お茶を淹《い》れますので掛けてください」

喜乃にソファを勧め、キッチンへ向かう。午前中のうちにパティスリー『ミレーヌ』で買ってきた三人分のケーキをお茶と一緒に運ぶ。

「どうぞ。お口に合うといいんですが」

ピーチタルトとミントティーを喜乃の前に置き、史花は向かいのソファに座る優成の隣に人ひとり分のスペースを空けて座った。

「ありがとう。おいしそうね」

お礼を言いつつ、喜乃が史花と優成を交互に見る。

「新婚生活のほうはどう？　なにか不自由はしてない？」

「……そうですね、不自由は特にありません」

優成を見てから史花が答えると、彼もそれに続いた。

「独身時代と特に変わらないよ」

「独身のときと同じ？」

喜乃が怪訝《けげん》そうに首を傾げる。

「あ、いや、同じっていうか……結婚してよかったと思ってる。な？　史花」

「えっ、あ、はい……」

いきなり同意を求められ、急いで頷く。

「喜乃さんに紹介していただかなかったら、たぶん私ずっと結婚しなかったと思うので、はい……ほんとに感謝してます」

現状のすれ違い生活はさておき、母を安心させられた点で言えばよかったと心から思っている。

「それならいいけど……」

喜乃は困ったような、それでいて寂しそうな表情をした。もしかしたら史花と優成の希薄な関係性を見抜いているのかもしれない。夫婦として成り立っていないと。

孫の幸せを願って史花との結婚を提案した彼女に、余計な心配をかけていいのだろうか。

（割りきった関係でいいと思ってきたけど、本当にこのままでいいのかな……）

喜乃だけでなく、もしも史花の母がこの事態を知ったら悲しむのではないか。空から見守っている父もそう。

大切な人たちを悲しませるようなことは、できるだけ避けたい。

（だけど、どうやったら夫婦になれるんだろう。喜乃さんが見ても、仲がいいと思えるような夫婦に）

友人にさえ見えないふたりには、とうてい程遠い。

ふと、彼との間にある空間に気づいた。まずはこの距離がいけないだろう。

「あ、あの、喜乃さん、いただいたプレゼントを開けてみてもいいですか？」

紙袋に手を伸ばしてから喜乃の気を逸らしつつ、違和感のないようにそろりそろりとお尻を動かして彼との距離を詰めた。とはいえ、ぴったりくっつける勇気はなく、せいぜい拳ふたつ分空いているくらいが限界だ。

幸い、優成も近づいた史花から遠ざかる気配はない。

「もちろんよ、開けてみて」

喜乃の了解を得て、袋からラッピングされた大きな箱を取り出した。

そのまま包装を解こうとして思い留まる。夫の意向を聞かずに開けるのは喜乃に悪い心証を与えるだろう。仲のよさそうなところを少しでも見せなくては。

「優成さん、開けますか？」

微笑みかけたが、ぎこちなさばかりが気にかかる。いきなり夫婦っぽく見せて安心させるのは、かなりハードルが高かったようだ。

「いや、キミが開けてくれ」

優成に言われ、今度こそリボンと包みを解いていく。外したリボンと包装紙を綺麗に畳み、いよいよ箱を開封する。

「パジャマですか？」

「ええ、お揃いなの。ふたりで着てほしいと思ってね」

中から出てきたのは、ブルーとピンクのパジャマだった。胸元にワンポイント入った〝M〟は、史花でも知っているハイブランドで有名な『Le《ル》・Mona《モナ》』のロゴだ。

「素敵なパジャマをありがとうございます」

「ありがたく着させてもらうよ」

「ぜひそうして」

ペアのものはひとつも持っていないため、なんだかやけに〝夫婦〟を感じさせる。

今の関係性で着る勇気を持てないのが痛いところだ。お揃いのパジャマを着たふたりを全然想像できない。

「ところでおばあちゃん、体調はどう？」

「なんともないわ。この通りピンピンよ」

優成に聞かれ、喜乃は両腕を上げて力こぶを作る真似をする。

「元気だからって、あまり無理はしないでくれよ？」

「わかってるわ。もういい歳ですから。くれぐれも大切にして、孫の顔を見ないといけませんからね」

（ま、孫……!!）

突然、子どもの話が出たため喉の奥で息が詰まる。軽く咳払いをして誤魔化し、ミントティーを流し込んだ。

その後、ケーキを食べながら他愛のない話をし、史花たちは下手くそな〝夫婦の演技〟を続けた。

翌日、フラワーアレンジメント教室が終わったあと、史花は喜乃とカフェでいつものように過ごすことになった。

「史花さん、ごめんなさいね」

テーブルに着いてすぐ、喜乃が深く腰を折る。

「き、喜乃さん？　なんの謝罪ですか⁉　お顔を上げてください！」

史花はお尻を浮かせ、大慌てで手を伸ばして喜乃の肩に触れた。

「無理に優成との結婚を勧めてしまって……」

「えっ？」

「昨日のふたりを見ていたら申し訳なくなっちゃったわ。私がわがままを言ったから、史花さんまで巻き込んで。孫の話題まで出してなんとか盛り上げようとしたけど、空回りしちゃったわね」

やはり喜乃にも史花と優成のぎくしゃくした様子は伝わっていたようだ。

（……当然よね。息も合っていなかったし）

なんとか取り繕ってはみたものの、今のふたりでは夫婦には見えないだろう。

「いいえ、結婚で母も安心させられましたし、喜乃さんには感謝しています」

史花が結婚を前向きに考えられないのは父親を早く亡くしたせいだと悲観していた母は、史花の結婚をとても喜んでいる。

大きな家でひとりでは寂しいだろうと顔を出すと、『こんなところに来ている場合じゃないでしょう。優成さんのそばにいてしっかり支えなさい』と史花を早々に帰そうとするくらいに。

だから喜乃を責める気持ちはまったくない。

「そう？ そう言ってもらえるとうれしいわ。またお家に行ってもいいかしら？」

「もちろんです。優成さんとは、これから徐々に距離を縮めていけたらいいなと思っています。喜乃さんにご心配をかけないよう、精いっぱい妻としてがんばりますね」

「なにかあったら相談してね。年齢を重ねて経験だけは積んでいるから。……とは言っても、娘もしっかり育てられなかった母親だから胸は張れないんだけどね」

喜乃の娘、つまり優成の母親は、恋愛に奔放で結婚と離婚を何度も繰り返していると彼からも聞いている。祖母として、それを責任に感じるのは自然な流れかもしれない。史花の母も、早くに父親を亡くした史花に対してしっかり育てなければならないと責任を感じていた。

「ありがとうございます。そのときは相談させてください」

かといって、喜乃にはあまり心配をかけたくない。

(本物の夫婦になるにはどうしたらいいか、まずは自分なりにしっかり考えなくちゃ)

それでも見当違いのほうに行ったり、どうにもならなくなったりしたときには相談しよう。

史花が心の中でひっそり決意を固めると、店員が「ご注文はお決まりですか？」とやって来た。

テーブルに着いてすぐ話し込んでしまったため、なにも決めていない。

「あっ、えっと……アイスカフェラテをお願いします」

「私はカフェラテのホットで」

メニューも見ずに注文する史花に喜乃も続く。その後は今日のレッスンの出来映えについて話を弾ませた。


どうしたら夫婦らしく見えるのか。夫婦仲がよく見えるようにするために、妻の自分はなにをしたらいいのか。

喜乃がマンションを訪れた日から三日が経過し、史花は連日頭を悩ませていた。

史花は嘘をつけない性格であり、普段から夫婦らしくしていないと、会社ではもちろん喜乃が訪問してくるなど咄嗟のときにうまく振る舞えない可能性が高い。

（ぐずぐず悩んでいてもはじまらないわ。まずはいい妻になるための行動をネットで調べてみようかな）

学生時代の友人とは疎遠、職場にはプライベートな話をできるような同僚はいない。

この前はうっかり木原に話しそうになったが、さすがに核心部分には触れられなかった。

仕事から帰った史花はノートパソコンを立ち上げ、リサーチをはじめた。

「えっと……【夫婦仲がよくなる妻の行動】でいいかな」

キーボードをカタカタ鳴らして検索画面に打ち込むと、すぐにいくつも記事が出てきた。

(意外とすんなり出てきたけど、私みたいに悩んでいる人がいるってことなのかな)

姿の見えない仲間を見つけたようで、なんだか心強い。

その記事には重要度の高い順に五つのポイントが書かれており、史花は食い入るように読んでいく。

「まずは【自然な笑顔】か。まぁ、そうよね。無表情より笑顔がいいに決まってるわ。でも私は……」

普段の自分を思い返すと、笑顔よりも真顔でいるほうが多い。

(ううん、多いなんてものじゃないわ。一日の大半を生真面目な顔をして過ごしているもの。やっぱりそれじゃダメよね)

自覚は大いにある。優成が一緒に過ごしたい気分にならないのも当然かもしれない。食卓を囲む相手がニコリともしなかったら、おいしいものもおいしく感じないだろう。

次に書かれているのは【ポジティブ思考】だ。

ネガティブな性質ではないけれど、かといってものすごく前向きでもない。かなり心配性だ。

(中途半端？　いい塩梅《あんばい》とも言えるけど)

しかし、ここに二番目のアドバイスとして書いてある以上、プラス思考寄りになったほうがいいだろう。

「次は【女としての魅力を磨き続ける】。……耳が痛い」

思わず目をぎゅっと瞑《つむ》って顔を横に振る。これもまた史花には全然足りていないポイントだ。

美容やスキンケアに力を入れた経験はなく、今まで普段着ないような新しい服に挑戦したこともない。ヘアスタイルにいたっては万年、一本縛りだ。

(外見を磨くことだけが女性の魅力をアップさせるわけじゃないと思うけど、見た目に気を使う気持ちは大切よね)

唸《うな》りながら頷く。ほかにも【夫のすべてを受け入れる】【変化を受け入れ、新しいことにも一緒に挑戦】など史花にとって参考になるアドバイスが続き、忘れないようにスマートフォンのメモに記録を残していった。

その夜、ドアが開く音を聞きつけ、史花は玄関に急いで向かった。もちろん優成を出迎えるためである。

帰宅時間がわからなかったため、普段こもっている自室ではなくリビングで彼の帰りを待ち構えていた。

（飼い主を待つ犬みたいね）

そんなことを考えながらスリッパの音を響かせ、靴を脱いだばかりの彼の前に立つ。

「お、おかえりなさい」

もちろん笑顔もつけた。頬がかすかに引きつっているように感じるため自然とまではいかないが、いつもの真顔ではない。

リサーチしたばかりの【夫婦仲がよくなる妻の行動】の最重要事項として書かれていた【自然な笑顔】を早速、実行に移したのだ。

史花がいきなり現れて驚いたのか、それとも初めての出迎えに困惑しているのか、優成は一瞬目を見開いてから訝しむように細くした。

「……ただいま」

彼の薄い反応を見て躊躇したが、ここで引いてはリサーチの意味がない。目を泳がせながらも笑顔を絶やさず続ける。

「あ、あの、お仕事お疲れさまでした」

「え……？」

いきなりなんの真似だと、その目が言っている。

出迎えに引いているのは手に取るようにわかったが、今さら後戻りはできない。

「何事もなく帰ってこられてなによりです」

「……は？」

自分でもなにを言っているのかと焦りに焦る。

(それからなんだ、どうしよう……)

優成に小首を傾げて見つめられ、その先が続かない。

沈黙が否応なくふたりの間に舞い降りる。視点は定まらず、必死に話題を探すが見つからない。

「い、以上です。では」

結局、踵《きびす》を返しスタスタと彼から離れた。

（あっ、夕飯は食べたか聞けばよかった）

自室に戻ってから気づいて急いでリビングへ戻ったが、彼の姿はない。どうやらお風呂に入ったらしく、バスルームからシャワーの音が聞こえてきた。

午後九時近く。おそらくいつものように外で食べてきただろうと思いなおし、史花は自室に戻った。

「ひとまず笑顔は見せられたから、よしとしよう」

自分で自分を慰める。

自然な笑顔とは言えなくても真顔よりは進歩したはず。彼の前ではなるべく笑顔を心がけていこうと改めて決意した。


フライトコントロールセンターのドアの前で立ち止まり、深呼吸を何度か繰り返す。今日の史花は少し緊張している。

最後に息を吐き出したところで、いざドアを開けた。

「お疲れさまです」

今日から四日間の夜勤がはじまる。いつものように挨拶をしながら自席を目指す。同僚たちはパソコンのモニターを注視したまま、史花の挨拶に声だけで返してきた。

モニターから目を離せず、顔を上げずに挨拶が飛び交うのはいつものこと。背景に馴染《なじ》んでしまう史花が相手だと、余計にその傾向が強い。

(誰も気づかない……。けど恥ずかしいから、かえってそのほうがいいかも)

そう思ったそのとき――。

「えっ、津城さん⁉」

隣のデスクに座る、ひとつ年下の島谷《しまたに》未希《みき》が素っ頓狂な声をあげる。キャスター付きの椅子を滑らせ、史花のほうに勢いよく突進してきた。

肩につかない長さのワンレンボブの髪を耳にかけ、なにかの見間違いかと目を激しく瞬かせる。常日頃からファッショナブルで、小ぶりの鼻と口がウサギを連想させるかわいらしい顔立ちをしている。

「お、お疲れさまです」

軽く頭を下げつつ椅子に腰を下ろす。

「いったいなにがどうなったんですか?」

「や、これはその……」

未希の声に反応して、周りの同僚たちが集まってきた。

「わっ、津城さん、素敵なんですけど!」

「ちょっと待って、すごくいい」

「津城さんって美人さんだったんですね」

口々に言われ、猛烈に恥ずかしい。

じつはこの二週間、史花は自宅で動画を見てヘアメイクの勉強をしていた。最初は全然うまくいかなかったが、日を追うごとに上達。以前はファンデーションを塗って眉毛を描き、色つきリップで済ませていたが、ネットリサーチのアドバイスに従ってみた。

いつも飾り気のない一本縛りだったヘアスタイルも、今日はハーフアップに挑戦している。仕事帰りに初めて買ったヘアアイロンで毛先を巻いたが、史花にとってはそれが一番難しかったかもしれない。

夫婦関係をよくしたいのなら、まずは自分が魅力的にならなければはじまらない。これは完全にネットの受け売りだけれど。

昨日の休みは思いきってスカートも買ってきた。高校の制服以来のスカートは、足がスースーして落ち着かない。

「どういう心境の変化？」

「あ、もしかして旦那さんの津城さんに釣り合うようにですか？」

「ちょっと島谷さん、さすがに失礼でしょ」

「ごめんなさい」

べつの同僚に窘《たしな》められ、未希が素直に謝る。

「いえ、大丈夫ですので」

彼女の言う〝彼との釣り合い〟も気になっていたのは事実だ。

「だけどほんとに素敵。旦那様にも好評だったんじゃないですか？」

「それはどうでしょう……」

曖昧《あいまい》に答えて誤魔化す。練習過程の間に顔を合わせたが、優成は史花の変化に気づいていたかどうか。

（ううん、たぶん気づいてないと思う。特に反応はなかったもの）

男性は、女性のそういう変化には疎いと聞いたことがある。美容院に行ったのに気づいてもらえなかったというのはよくある話だ。

笑顔作戦も続けてはいるが、彼に伝わっているかどうか今ひとつあやふや。もしかしたら女嫌いの彼には、ピントがずれているのかもしれない。

「とにかく、すごくいいです。洋服も似合ってますし」

「ありがとうございます。……あの、そろそろ仕事に」

「そうですね。邪魔してごめんなさい。あっ、津城さん、夕食ご一緒しませんか？」

ほかの同僚たちが散っていくなか、キャスター付きの椅子に座ったままいったん離れた未希は途中で引き返してきた。

「私、お弁当持ってきてるんです」

デスクに置いた小さなバッグを指差す。

「でも社食で食べますよね？」

「そうですね」

「私はなにか買って食べますから。ね？」

以前にも一度誘われて断ったが、何度もそんな態度は失礼だろう。

「それじゃ、ご一緒に」

「はい」

未希はニコニコ顔で椅子を滑らせて自分の席に戻った。

（職場の人と一緒にご飯を食べる約束をしたのは初めて……）

少しの緊張とかすかなワクワクが入り混じった。

その夜、史花は未希とふたりで社員食堂へやって来た。

食券機に向かった未希と別れ、史花は空いているテーブルに向かう。空港内のレストランに行った人が多いのか閑散としている。

キッチンカウンターにほど近いテーブルに座ってお弁当を広げているうちに、トレーを手にしてきた未希が向かいに座る。デミグラスソースのハンバーグ定食だ。

「いつもお弁当って偉いですね」

「残り物の使い回しが多いし、手をかけているわけじゃないですから」

今日はほうれん草のめんつゆバター炒めと冷凍イカの生姜焼きを詰めてきた。休みの日に作り置きを何品か作るときもあるが、それも気が向けばの話だ。

「彩は綺麗だし栄養バランスもよさそう。旦那様にも作ってあげるんですか？」

「いえいえ、作ってないです」

お弁当どころか自宅での食事も一度もない。もちろん、そんなことは絶対に言えないが。

「そうなんですか？　まぁ不規則ですしね。津城さんだったらきっと、自宅での食事には気を配ってるんでしょうね」

「あ、ええ、まぁそうですすね……」

とんだ買い被《かぶ》りのため声がどんどん小さくなっていく。

「ところでずっと聞きたかったんですけど、津城さんとは……っと、その前に史花さんって呼んでもいいですか？　旦那様も津城さんだし、呼び分けできたらいいと思うんですけど」

「あ、はい、大丈夫です」

　たしかにどちらも〝津城さん〟では、聞いている史花のほうも混乱してくる。

「では、そう呼びますね。それから、敬語はやめませんか？」

「えっ？」

　イカを摘まもうとした箸を止める。

「史花さんのほうが年上ですから」

「それは……そうですけど」

　職場では誰に対してもそうしてきたため躊躇わずにはいられない。

「この機会にそうしましょ。ね？」

「……では徐々に」

「それから私のことも名字じゃなくて未希って呼んでください」

　未希はテーブルに身を乗り出してきた。笑みは浮かべているが、拒否を受けつけない強さを感じさせる。

「は、はい……じゃなくて、うん……。でも慣れないから、言い間違えたらごめんなさい」

おずおずと返事をすると、未希は満足そうに頷き話題を戻した。

「で、津城さんとはどういう経緯でお付き合いに発展したんですか？　女嫌いって聞くから、ほんとにびっくりしちゃって。興味本位なのは認めますけど、話したくなければ無理には聞きません」

ハンバーグを箸で切り分けながら未希が尋ねる。

正直に興味本位だと打ち明ける潔さに、史花は好感を持った。

「彼のおばあ様とたまたま知り合って、お孫さんを紹介したいって言われたのがきっかけです。……じゃなくて、きっかけなの」

お互いの家族を安心させるためと、女性除けになるためという理由や交際〇日婚までは明かせない。

「告白は津城さんから？」

「あ、うん」

告白というかプロポーズだ。

「だけど津城さんの奥さんとなると、周りのやっかみが大変じゃないですか？　一度ちらっと見かけたんですけど、小早川さんたちに囲まれてましたよね？」

「あぁ、あれは……うん、そうね」

結婚してすぐのことだ。どうやって優成の祖母に取り入ったのかと、かなり怒っている様子だった。

「ここだけの話、私、小早川さんってちょっと苦手で」

未希は周りを気にしながら声のトーンを落とした。

「そうなの？」

「自分が一番じゃないと気に入らない感じとか、取締役の娘を鼻にかけているところとか。あまりよくない噂も聞きますし」

「よくない噂？」

「彼女がいようといまいと、いいと思う男の人がいたら強引に奪っちゃうんです。社内でもそういうのが何度かあって」

そういえば以前、社員食堂でＣＡたちと話していたときにも、そんな話題があがっていた。付き合っていた事業推進部の男性とは、すぐ別れたとか。

「津城さん狙いだってあちこちで聞きますから気をつけてくださいね」

「結婚してるのに？」

「小早川さんはそういうの関係ないみたいなので」

既婚者だろうがかまわないという環の裏話を聞き、驚きを隠せない。つまり不倫略奪も辞さないと公然と言っているということだ。

環は普通では考えられない感覚の持ち主なのかもしれない。だから史花にもあのような態度を取れるのだろう。

「ところでずっと気になっていたんですけど、おふたりって結婚指輪は着けない主義ですか？」

「え？」

「指輪をしてないので」

未希が史花の左手を指差す。その指先を追って、自分の左手の薬指を見た。

そこに彼女の言うものはない。

指摘されて初めて、結婚したのに指輪をしていないと気づく。結婚の事実だけに気を取られ、本気で忘れていた。

おそらく優成もそうだろう。ふたりの間で指輪の話は一度も出ていない。

でも今ここで正直には明かせない。普通のカップルなら結婚指輪は外せないアイテムだろうから。

「あ、うん。ふたりともあまりこだわりがなくて」

そう言う以外にない。

「まぁ今はいろんな考えの人がいますからね」

「う、うん、そう、だよね……」

思いがけない指摘に動揺する。じつは手も繋いだことがない夫婦だとバレたらどうしようかと、鼓動がありえないほど高鳴っていく。

「男性なんて着けない人のほうが多いですし」

そう言われて周りの既婚者を思い浮かべる。

(木原センター長はしてた？　どうだろう、覚えてない。……けど、記憶にないってことは、他人はそこまで気にかけていない……？)

センター内のほかの既婚者の姿を思い浮かべるが、左手の薬指に光るものがあったかどうか。はっきりしないし、あやふやだ。

つまり着けていようがいまいが関係ないのだ。それに指輪があろうとなかろうと結婚しているのに変わりはない。

「変なこと聞いてごめんなさい」

「あ、ううん」

「ところで、イメチェンは津城さんのためですね？」

話題が変わってほっとする。とはいえ容姿についての話も、史花がどぎまぎするのは同じだ。ものすごく照れくさい。

「彼のためというか、ふたりのため……かな」

恥ずかしいのに、つい本音が漏れる。最初のうちは冷めた関係でも気にならなかったが今は違う。結婚したからには誰から見ても夫婦らしい夫婦を目指したい。

「なんか素敵。自分のためでもあるのって大事ですよね。それにしても羨ましいなぁ。あの津城さんと結婚なんて。史花さんは、私たちフライトコントロールセンターの憧れです」

「憧れだなんて。そんな人間じゃないですから」

なにしろ二十七歳にして、ようやくヘアメイクを覚えたばかり。大人の女初心者といってもいい。

「最初聞いたときはあんまりタイプが違うから、横瀬さんと津城さんが結婚!?って驚きましたけど、今こうして史花さんを見ると納得しちゃいます。ＣＡも目じゃないですよ」

「そんなまさか。スタイリングもすごく時間がかかるし、メイクは動画を見ながらじゃないとできないし」

史花は大きく首を横に振った。

「史花さんって勉強家なんですね」

「不器用だからそうしないと人並みにできないの」

見た目に関するものはリサーチしてレッスンを重ねなければ普通にできない。

「だけど、ヘアアイロンがあんなに難しいとは思わなくて」

鏡に向かうと、どっちがどっちだかわからなくなる。右と左で同じように巻けないのも悩みの種だ。

「あれは練習あるのみです。お風呂に入る前に練習するのがいいって美容師さんに教えてもらいましたよ」

「お風呂の前に？」

「失敗しても、すぐに流せるので」

「あ、なるほど」

たしかにそうだ。今夜早速トライしてみようと思ったそのとき、史花たちのテーブルに人の影が差した。

「あれ？　新しく入った人？」

顔を上げるまでもなく、それがパイロットだと制服でわかる。肩と袖に三本のラインが入っていた。

「白石《しらいし》さん、お疲れさまです」

史花が控えめに頭を下げるのと同時に、未希が彼に挨拶をする。

白石旭《あさひ》、三十一歳のコーパイ——副操縦士だ。緩くパーマのかかった黒髪が、目鼻立ちの派手な顔立ちを引き立てる。

「新人さんじゃないですよ。津城史花さんです」

「津城って、キャプテンの津城さんの奥さんの？　え？　こういう感じだったっけ？」

同一人物に見えないほど変われたのなら大成功と思っていいかもしれない。

白石は隣の椅子を引いて腰を下ろし、史花をまじまじと見た。

「……すみません」

なんと返したらいいのかわからず、意味もなく謝罪の言葉が口をつく。

「え、ちょっと待って。すごいイメチェンだね。綺麗だよ、史花ちゃん」

さらっと褒められ、さらに唐突に下の名前で呼ばれた。目が点になり硬まる。

白石はそんな史花の反応を気にもせず、ニコニコと屈託なく笑っている。白石とこうして話すのは初めてのため知らなかったが、女性の扱いは相当慣れているみたいだ。

「白石さん、馴れ馴れしすぎますよ。史花さん、困ってるじゃないですか」

助け船を出してくれた未希に微笑み返す。当然ながら自然というわけにはいかず、唇の端が引きつった。

「いや、事実を言っただけだよ。こんな美人がフライトコントロールセンターに隠れていたとはね。俺ももっと見る目を養わないといけないな」

自分の顎に手を添え、白石が唸るように言う。

（だけど、優成さんは自宅で私を見ても無反応だったのよね……。白石さんでさえ変化に気づいたのに。よっぽど私に興味がないんだろうな）

さすがにガッカリだが、そもそも女嫌いだと堂々と宣言されているため優成を責められない。それにイメチェンは史花が勝手にしていることだ。

（くよくよしていたらダメ。ポジティブ思考が大事って書いてあったでしょ。まだまだこれからよ。がんばろう）

夫婦仲がよくなる行動は、まだはじめたばかり。すぐに成果を期待するのは欲張りすぎだ。

自分を鼓舞して気を取りなおす。史花がひとりで考え事をしているうちに、白石はテーブルから去っていった。

「白石さんって、ちょっとチャラいですよね」

彼の背中をチラッと見つつ、未希が小声で言う。

「いつもあんな感じ？」

「そうですね。綺麗な人には見境がないって有名です。だけどパイロットってだけでモテますから、ＣＡとかＧＳにチヤホヤされてますよ」

ＧＳとは、搭乗手続きや搭乗口での案内など、空港内の地上業務を担当するグランドスタッフの略である。

「そうなんだ……」

優成も言っていたが、肩書きだけで近づく女性はやはりいるらしい。

「あ、白石さんも小早川さんの元彼です」

「そうなの？」

「一年くらい前だったかな。すぐに別れちゃったみたいですけど」

事業推進部の彼といい、環の奔放さには舌を巻いてしまう。史花とは違う世界に生きているみたいだ。

その後、史花は未希にヘアメイクのアドバイスをもらいながらお弁当を食べ進めた。

〝新しい史花〟になって十日が経過した。

職場での反応は思った以上によく、以前のように浮いた存在ではなくなりつつある。未希以外の同僚とも以前よりは話せるようになった。ぎこちなさは否めないが、結婚前の史花と比べたらかなりの進歩だ。

先日は初めて空港内のレストランで未希とランチを食べ、どうして今まで避けていたのか不思議になるほど楽しい時間を過ごした。

見た目を変えるだけで自分の気持ちも変化し、こんなにも世界が広がるのかと実感しているところである。

ただ、優成とは相変わらず仮面夫婦のような生活を送っている。

(このままじゃいけないわ。自分磨きと並行して夫婦円満のコツも調べてみよう)

仕事から帰り、食事もお風呂も済ませた史花はダイニングテーブルでノートパソコンを開き、再びリサーチを開始した。

(なんだかフライトプランを作っているみたい)

ふとそんなことを思う。

航空機をいかにして最適の状態で飛ばすか、あれこれシミュレーションをしてプランを作るのと、よりよい夫婦になるための道筋を探すのは似ている。

史花はもともと地道に調べ物をするのは好きな性質で、導き出した結果に基づいて実行に移すのは苦ではない。今まで敬遠していたヘアメイクも、習って実行してみたら楽しかった。

「えっと……【会話やスキンシップ、コミュニケーションをとることが第一】か。そうよね、それがなきゃ円満もなにもないわ。そういえば木原センター長もそう言ってたものね」

史花たちは夫婦どころか、友人の域にも達していない。なにしろスキンシップはもちろん、会話がほとんどないのだから。

交わすのは挨拶程度。そこから発展する会話をしようにも、言葉が詰まって出てこないときている。

【感謝を伝える】

【ふたりで楽しめることを見つける。夫婦で初めての体験をする】

【記念日を大切にする】

【期待しすぎない、妥協する】

など続くアドバイスを実行するスタートラインにも立っていない。

どの記事を読んでもだいたい似たようなことが書かれており、会話のなさは致命的と思われた。

「どうしたらいいの……」

優成側に本物の夫婦になる意識がなければ、どうにもならないのだと思い知る。彼は妻の存在が欲しかっただけだから。かく言う自分もそうだったわけだが。

史花の行動は意味のないものなのか。このままただの同居人として過ごす以外にないのか。

(だけど喜乃さんに、また家に来たいって言われたら困るな……)

今の状態で招いたら、喜乃にさらに心配をかけてしまう。

迷って悩み、マウスの動きが鈍くなっていく。そうしているうちに睡魔に襲われ、瞼が重くなってきた。

(もう少し調べてみなきゃ)

頭ではそう思うのに、目は言うことを聞いてくれない。うつらうつらとしていた史花は眠気に抗《あらが》えず、とうとうテーブルに突っ伏した。

不確かなダイバート

肩章に四本のラインが入った制服に着替えると自然と背筋が伸び、気持ちのスイッチが切り替わる。それは、優成がパイロットとして初めて操縦桿《かん》を握ったときから変わらない。

準備を終えロッカールームをあとにすると、同期のコーパイに声をかけられた。

「津城、お疲れ。これからか？　どこ行くの？」

「今日はＬＡＸ《ラックス》」

午前十一時半出発のロサンゼルス、通称ＬＡＸ行きが優成の今日のフライトである。

「長いな。俺は大分《おおいた》」

「お互い気をつけていこう」

「そうだな」

労いの言葉をかけ合いながらオフィスへ向かう。

将来はパイロットになりたい。――いや、絶対になる。

そう心に決めたのは、優成が小学生のときだった。それも家出したときの話だ。

いつかは父親との別れが待っているかもしれないと、じつは幼心にどこかで感じていた。というのも、母親は三度目の結婚だったからだ。

最初の結婚は大学生のときだったと聞く。しかしお互いにべつの人を好きになり、一年足らずで離婚。二度目の結婚は、大学を卒業後に就職した旅行会社で知り合った上司だった。

新人添乗員として同行した旅先で恋に落ち、ほどなくして妊娠、結婚。娘が生まれたが、幸せな日々は長くは続かない。

母は、再びべつの男性に心変わりしてしまった。相手は不動産会社を経営する社長。手狭になった部屋を引き払うため、新居を探しているときに知り合ったらしい。

娘を連れて離婚し、今度はその社長と結婚、優成が生まれた。

父は姉と優成を分け隔てなく愛してくれたため、優成は母の三度の結婚も姉とは父が違うことも知らずに育った。しかし余計な話を耳に入れる人はどこにでもいるもの。小学校二年生のときに、近所に住むおばさんに面白おかしく耳打ちをされた。

『優成くんのお母さんって三度も結婚してるんですって？　おねえちゃんとはお父さんが違うそうじゃない。恋多き女ね。羨ましいわ』

頭をハンマーで殴られたような衝撃だった。

（お母さんが三回も結婚？　おねえちゃんと僕はお父さんが違うの？）

すぐに母に確認すると、『じつはそうなの。黙っててごめんね』と母は少しバツが悪そうに謝った。

そう遠くない将来、もしかしたら両親は離婚するかもしれない。そんな不安を抱くのも当然だろう。

そしてそれは優成が十歳のときに的中。母はまたべつの人に恋してしまったのだ。両親から離婚すると聞かされ、優成はお年玉やありったけのお小遣いをかき集めて家を飛び出した。ここではないどこか遠くへ行ってしまいたかった。

家出するほど傷ついた息子のために、両親が離婚を思い留まってくれるかもしれないという期待もあったかもしれない。

優成の足が向いたのは羽田空港だった。年に何度か家族旅行で飛行機を利用していたため、恐れはなかった。

行き先は以前、家族で行った札幌。父の見よう見まねでチケットを買って搭乗する。

（僕はもう飛行機だってひとりで乗れるんだ。お父さんやお母さんがいなくたって平気さ）

離婚話で傷ついた心は、大人の仲間入りをした誇らしさで幾分か和らいだ。

しかしそれも束の間。突然の荒天に見舞われ、機体が激しく揺れはじめる。パイロットとして操縦桿を握る今の優成なら荒天による大きな揺れに過度な心配は必要ないとわかっているが、幼い優成には未知の世界。もしかしたら墜落するかもしれない。そうしたら両親にも二度と会えなくなる。

家族と離れてひとりぼっちで飛行機に乗っている心細さが、恐怖を倍増させた。

（神様、お願い！　墜落なんてさせないで！）

体を震わせ、一心に神様に助けを求めたそのとき、機長による機内アナウンスが流れる。

『お客様に操縦席よりご案内申し上げます。先ほどから大きく揺れていますが、活発な雲の中を飛行している影響でございます。安全な運航にはまったく支障はございませんので、どうかご安心くださいませ』

力強い言葉は、優成の不安を一掃するには十分だった。

このパイロットなら、きっと安全に目的地の空港まで送り届けてくれる。彼に対する確かな信頼で心が強くなった。

そして、その飛行機は優成の期待を決して裏切らず、安全に着陸を完了した。

あまりの感動が、優成の足を動かす。乗客の波に呑《の》まれながら飛行機から降り立ち、ターミナルビルで機長が出てくるのを待った。

　機長の制服に四本のラインが入っているのはテレビで観て知っていたため、その目印を頼りに駆け寄り、声をかける。

『あんなに激しい揺れだったのに無事に送り届けてくれてありがとうございます！　すごくカッコよかったです！』

　今思い出しても恥ずかしいくらい興奮していた。

『ありがとう。そう言ってもらえて僕もうれしいよ』

　突然の突撃に快く応じてくれた機長は、写真撮影にまで付き合ってくれた。

〝いつか僕も機長みたいなパイロットになるんだ〟

　そのときの飛行体験と出会いが、パイロットを目指すきっかけになった。

　札幌に着いてすぐ、優成は羽田行きの飛行機へ飛び乗る。両親の離婚に傷ついた心は、大きな目標を見つけたことで不思議と回復していた。

　あれからもう二十年以上の月日が流れた。夢を叶え、憧れを抱いた機長と同じ場所にいる。

　制服を着るたびに気持ちが引き締まるのは、そのときのことを思い出すから。乗員乗客全員を安全に目的地へ連れていかなければならないという責任感。自意識過剰かもしれないが、空の安全は自分が守るという使命感があるからだ。

改めて背筋を伸ばし、ブリーフィングを行うオフィスを目指す。ドアを開けると珍しい人物が声をかけてきた。

「津城、久しぶりだな」

「本郷《ほんごう》さん、おはようございます。お元気でしたか？」

「おかげさまでね」

本郷翔《かける》、ベテランパイロットである。

引きしまった体躯《たいく》は中学高校と陸上で鍛えた賜物《たまもの》だと噂に聞く。切れ長の目に鼻筋の通った端整な顔立ちは、四十歳の今も空港内で目を引く存在だ。

既婚者だが、独身時代には社内はもちろん社外の女性や搭乗客からも熱い視線を送られていた。有能なGSだった美羽《みわ》との結婚は、それこそ空港中を沸かせたものだ。妻の美羽も現在はGSの教育係である。

本郷は三十二歳のときにオーシャンエアラインの最年少機長の記録を更新した人物であり、優成もその記録に並ぶ。現在は教官機長として勤務している。

パイロットの資格を取得、維持するための様々な訓練や審査を行い、その際にシミュレーターや実機で指導を行うのが教官機長である。優成はコーパイ時代、彼が機長を務める航空機に何度か一緒に搭乗したことがあった。

計器の故障によるトラブルに見舞われたときの冷静な判断と操縦は、コーパイとして搭乗した優成の記憶に今でも鮮明に残っている。

そのときの乗客への愛に溢れたアナウンスは動画サイトにアップされ、テレビやネットニュースはその話で持ちきりだった。

「そうだ、聞いたぞ？　結婚したんだってな」

「はい。一カ月くらい前に」

「おかしいな。俺、結婚式に招待されてないよな？」

顎に手を添え、本郷が訝しむ。目はいたずらっぽく笑っていた。

「すみません。結婚式は挙げてないんです」

「そうなのか。だけど津城が結婚とは意外だな」

「ですね。自分でも驚いてます」

「なんだそれ。女嫌いは克服したのか？」

本郷はふっと笑いながら問いかけてきた。

その噂が本郷の耳にまで入っていたとは驚きだ。

「克服は……そうですね。どうでしょう」

なにしろ結婚したあとの生活も、独身時代とほとんど変わっていない。違っているのは戸籍に妻の名前があることだけだ。

「どうでしょうって。まぁとにかく、結婚したからには奥さんに対しての責任も果たしていかないといけないぞ」

「責任ですか？」

「妻の幸せと安心を守るために、一生をかけて責任と、協力する義務を負うのが結婚というものだ。人生をともに歩むことに責任を持ち続ける、崇高な義務とも言えるな。がんばれよ」

本郷は優成の肩をトントンと少し強めに叩き、「じゃ」と背を向けた。

（一生をかけて責任と協力する義務を負う、か……）

結婚する事実にばかり囚われ、優成は本質など考えたこともない。この一カ月、史花と協力してなにかをしたことがあっただろうか。

いや、ない。

ただ一緒に暮らしているだけの同居人と化し、自宅では挨拶だけでろくに会話もしていない。食事すら一緒にとっていない。

彼女には『これまでと同じと思ってもらって構わない』と言ったが、果たして本当にこれでよかったのか。本郷の言葉を聞き、ふと考える。

優成は既婚者になりたかっただけにすぎない。祖母を安心させられ、言い寄ってくる女性たちを除ける材料になればいいと思ったから。

しかしそれは、あまりにも自分本位なのかもしれない。史花も了承したとはいえ、今さらながら妻に対する責任を放棄しているように思えてきた。

彼女はこの結婚生活をどう感じ、どう考えているだろう。

史花の真面目ぶりは、以前から優成の耳に入ってきていた。堅物すぎてつまらないという、どちらかというとマイナス要素のほうが強かったように思う。

しかし優成は、彼女のその生真面目なところがディスパッチャーとしての誠実な仕事に繋がっているのだろうと好意的に捉えていた。女性を敬遠していたため、もちろん異性としてではなく人間としてである。

事実、彼女のフライトプランは鋭い観察眼と緻密なデータ分析によって作成され、信頼のおけるものだったからだ。そしてそれはパイロットの間でも有名な話であった。

祖母から提案された史花との結婚を承諾したのには、優成に言い寄ってくる女性とも母とも一八〇度違うタイプの彼女なら嫌悪感を抱かずに済むのではないかと考えた側面もある。

真面目な史花は今、なにを思って結婚生活を送っているだろうか。

そんなことを考えていると、一緒に乗務するコーパイが声をかけてきた。

「本日、ロサンゼルス行きの便に乗務します赤池《あかいけ》です」

「津城です」

「パイロットになって三年目です。いろいろと学ばせてください。よろしくお願いします」

「ああ、よろしく」

今回初めて組むが、くりっとした目が愛嬌のある、素直な感じのする男だ。

ブリーフィングの前になると、コーパイは同乗する機長を探し出して挨拶をするのが通例となっている。初めて組む相手の場合、社内の顔写真で確認してから声をかけるが、写真と実物の印象が違うこともあり、間違えて声をかけてしまうときもある。

コーパイ時代の優成も何度か人違いをしたものだ。

自己紹介とともに最近のフライト経験も共有してから、出発前確認に入る。

「南風が強そうだな」

ブリーフィング用のパソコンの前に立ち、優成が呟く。

「そのようですね」

「離陸は16で準備だろう」

滑走路には磁方位に沿って三六〇度の番号が振られ、航空機は通常、向かい風方向に離陸している。羽田空港の場合、南風のときはおもに一六〇度方向を向いている滑走路を使って離陸する。

ディスパッチャーが作成したフライトプランをもとに気象情報や積載状況を確認し、優成は赤池を伴いオフィスをあとにした。

保安検査を終え、出発ゲートへ移動する。

「不躾《ぶしつけ》な話をしてもいいですか?」

歩きながら赤池が顔を覗き込んできた。

そういう前置きの場合、話の内容はおおよそ見当がつく。

「結婚のことか?」

「は、はいっ、すみません。ミーハー根性で聞いてみたくて」

前を向いたまま聞き返すと、赤池は恐縮したように頭を掻いた。

「さすが津城さん、人を見る目があるんだなって同期と話してたんです」

「人を見る目?」

言葉の意図を測りかねて聞き返す。

「ダイヤの原石を見つける力っていうんですかね。あんなにお綺麗な方だなんて知らなくて、別人かと思ったくらいですから」

このところ史花が変わったのは優成も気づいていた。どういう心境の変化か、ヘアメイクや洋服をこれまでとは一新しているのだ。史花はもともと綺麗な顔立ちをしているが、手を加えることでそれが顕著《けんちょ》になった。

乏しい印象だった表情にも笑顔が増えたように思う。

赤池が〝ダイヤの原石〟と例えたのには妙に納得だった。

「きっと津城さんと結婚したからですね。女性は愛されると変わるって聞きますもん」

「いや、俺はなにも」

つい正直に答えた。

現に夫婦なのは形ばかり。赤池の言う〝愛〟は存在しない。

それなら史花は、なぜイメチェンを図っているのか。単なる気分転換か。それともなにか理由があるのか。

真面目な彼女だからこそ、意味もなく行動に移すようには考えられなかった。

ゲートへ到着し、赤池と二手に分かれる。操縦以外の業務をする赤池はコックピットの点検へ、操縦の担当である優成は航空機の外部点検へ向かった。

機種には速度や高度を計器に表示させるための機器がたくさん装備されており、それらの機器に損傷がないか確認をしていく。さらにタイヤやエンジンブレードに損傷がないか、オイルの漏れはないかどうか、一つひとつ確実に目視しなければならない。それらの準備が整い、機内でＣＡとのブリーフィングで今日の気流の情報や目的地の気象情報、運航計画などを共有。お客様の搭乗が完了し、いよいよ出発である。

「Tokyo Delivery, Ocean 710.Spot 9 Request pushback」

（東京デリバリー、こちらはＯＡＬ７１０便です。スポット９番からのプッシュバックをリクエストします）

航空機はバック走行ができないため、トーイングカーに押してもらわなければならない。

管制官との交信により、いよいよ航空機が動きはじめた。

優成が帰宅したのは四日後の夜だった。

「ただいま」

玄関で靴を脱ぎながらひとり言のように呟きつつ、廊下の先に視線を移す。このところ優成が帰宅すると史花が出迎えるようになっていたが、今日はそれがない。

彼女の靴はあるし、リビングから明かりが漏れているから夜勤ではないはずだ。

首を傾げながら足を進めると、史花はダイニングテーブルに突っ伏していた。

「寝てる、のか……？」

自室にこもることの多い彼女が、無防備な姿を晒《さら》すのは珍しい。

優成はテーブルの上で電源がついたままになっているノートパソコンの画面を覗き込んだ。

「……夫婦円満のコツ？」

映し出されていた記事のタイトルを思わず読み上げ、目を瞬かせた。

(これを読んで夫婦のあり方の研究でもしてたのか……？)

思いがけないものを目撃してしまった。

史花がなにを思って結婚生活を送っているのかの答えが、ここにあるように思えた。

史花は、優成と本物の夫婦になろうとしているのではないか。

「……自然な、笑顔……魅力を……磨かな、いと……」

史花が途切れ途切れに呟く。

ハッとして彼女の顔を見たが、目は閉じたまま。寝言だ。

(もしかして、ネットで調べて実行に移した？)

急に笑顔で話しかけてくるようになったり、見た目に気を使いはじめたりしたのは、こういう記事を読んだからなのか。

真面目な史花ならではの行動が、優成の胸を疼《うず》かせる。

(俺は彼女を悩ませていたんじゃないか？)

宣言した通り、優成は独身時代となにひとつ生活を変えず、自分のスタイルを崩さなかった。女嫌いを盾にして、妻である史花を顧みもせず。

結果、寝言にまで出るほど彼女を悩ませている。

『妻の幸せと安心を守るために、一生をかけて責任と、協力する義務を負うのが結婚というものだ』

本郷の言葉が重くのしかかってきた。

(俺は身勝手な男だな)

自分の都合に彼女を巻き込むだけ巻き込んでほったらかし。あとはご自由にどうぞでは、あまりにも無責任だ。

それも人生において一大イベントである結婚にもかかわらず。

おそらく史花は、どうしたら本物の夫婦になれるか自分なりにリサーチして、ひとつずつクリアしていこうと考えたのだろう。フライトプランを作るように丁寧に。

健気な姿は、常に冷静で何事にも冷めている優成の心をわずかに動かした。

夫婦でありながら友人よりも遠い存在。そんな夫の優成には相談できなくても無理はない。なにしろ会話さえろくになかったのだから。申し訳なさが込み上げる。

「ごめん、史花」

素直な言葉が口から漏れた。

テーブルに突っ伏して眠ってしまった史花をこのままにしておくわけにはいかない。起こさないように抱き上げ、彼女の部屋へ向かう。ベッドにそっと下ろし、横たわらせた。

「ん……もっと笑顔……」

史花がうわ言のように繰り返す。唇がもごもごと動いた。

夢にまで見るほど一生懸命になる健気な様子が、優成の胸をくすぐる。らしくない自分に驚きながらも、思わず笑みが零れた。

「……って、俺はなにをニヤついてるんだ」

心苦しさとはべつに湧き上がった感情に自分で動揺する。わけのわからない心の揺れをなぜか必死に制しながら、優成は彼女の部屋を出た。

翌朝、目覚めた優成がダイニングへ行くと、史花はコーヒーを淹れていた。

「おはよう」

「お、おはようございます」

史花が肩を少し弾ませて振り返る。目を忙しなく瞬かせた。

優成から自発的に挨拶をしたため驚いたか。まだ起きたばかりだろう、前髪についた寝ぐせを懸命に手でなおす。

「あの、昨夜もしかして私を……」

ベッドまで運んでくれたのかと問いたいのだろう。朝目覚めて驚いたに違いない。

「ああ。そこで眠り込んでいたから」

「すみませんでした！」

腰を九〇度に折り曲げる。長い髪がはらりと垂れた。

「重かったですよね」

頭を上げ、探るように優成を見る目に反省の色が滲む。

「いや、大丈夫だ」

「でも、本当にすみませんでした。……それとありがとうございました」

バツが悪そうに肩を竦めつつ、最後にはぎこちなく笑みを浮かべた。

優成は〝気にするな〟と手をひらひら振ったが、史花は気が済まないらしい。

「あの……よかったら朝食を一緒に食べませんか？　お礼というか、その……」

「礼なんて」

必要ないと言おうとして思い留まる。いつもなら誘いに乗らずにさっさと退散するところだが、昨夜、彼女がリサーチしていた記事が頭の中に浮かんだ。

「……そうだな。一緒に食べようか」

また断られるんじゃないかと不安そうに揺れていた史花の瞳は止まり、ぱっと見開かれる。

「では、すぐに準備しますね！　といってもトーストと目玉焼きくらいになってしまうんですけど」

「それで十分だ」

「ありがとうございます」

再び頭を下げ、エプロンを着ける。

「あ、先にコーヒーがいいですか？　それとも食べるときにします？」

「食べるときに一緒に」

「わかりました。それじゃ、そうしますね」

「ありがとう」

優成がそう言うと、史花はどことなく恥ずかしそうにしながら調理に取りかかった。

（……なんだ？　やけに胸がむずむずする）

史花の仕事ぶりからは想像できないギャップに少し驚きながらも、こそばゆいような、それでいて弾むような気持ちだ。

不可解な症状に首を捻りながら顔を洗い、優成は着替えを済ませてダイニングへ戻った。

テーブルには先ほど史花が言っていたトーストと目玉焼き、生野菜のサラダが並んでいる。

「今、コーヒーも」

「いや、俺がやろう」

「えっ」

史花の戸惑いは手に取るよう。優成は、これまでそんな真似をしたことはない。

準備しようとした彼女を制し、優成自らカップにコーヒーを注ぐと、すぐにいい香りが立ち込めた。

史花と並んで立ちながら、ふと思う。

（まるで新婚みたいだな）

直後に、まさに自分たちはそうだと訂正する。妙に気恥ずかしい。

「ありがとうございます」

史花に礼を言われ、頷き返す。ふたり分のカップを手にテーブルに着いた。

「いただきます」

向かい合って座る彼女と同時に手を合わせる。箸を手にしてトマトを口に運んだ。

史花は箸を持ったまま、不安と期待が入り混じった目をして優成を見ていた。

（俺の口に合うかどうか心配をしてるのか？　いや、生野菜に調理は関係ないだろう。……だがここはやはり）

「おいしいよ」

口に出すのが礼儀だろうと考えなおして伝えた。

史花がほっとしたように息を吐き出す。

「よかったです。ドレッシング、手作りしてみたので」

「そうだったのか」

だから気になったようだ。わさびのピリッとした味がアクセントになり、お世辞ではなくおいしい。てっきり市販のドレッシングだと思った。

「手を煩《わずら》わせて悪かった」

「えっ、そんな。勝手に楽しんでいるだけですから。なので気にしないでください」

箸を置き、史花が胸の前で両手を振る。戸惑い半分の無邪気な反応が、優成の目にやけに新鮮に映った。

女性と付き合った経験ならある。だがそれは仕事に集中できないほど相手があまりにしつこかったり、上司からの紹介を無下にできなかったりで、しぶしぶ交際した過去だ。

相手に失礼かもしれないが、恋だとか愛だとか、そういった感情の動きはいっさいなかった。

恋多き女と呼ばれていた母親を近くで見ていたからだろうか。自分はそうなるまいと律し、自然と恋愛を遠ざけていた。

惰性で付き合っていたため、完全に受け身。自分から連絡したことも、デートに誘ったこともない。そうしているうちに相手の女性から離れていくのが常だった。

（そんな俺が結婚とはね。未だに信じられない展開だ）

感慨に耽《ふけ》りながら目玉焼きをトーストに載せて頬張る。

結婚して一カ月あまり。初めて妻と食卓を囲んでいる。

思えば、式はおろかお祝いの席すら設けていない。

これでは本郷の言う責任は、なにひとつ果たしていないだろう。

祖母がここへ来る可能性がある以上、夫婦らしくなる必要もある。

「史花」

いったんトーストを皿に置き、彼女を見た。

「今まで悪かった」

「はい？」

なんの話かピンとこないか。

「夫婦円満のコツ、実践しよう」

「えっ……」

摘まんでいたレタスが、史花の箸から落ちる。瞳を左右に揺らし、唇は半開きだ。

「ノートパソコンで調べていただろう？」

「あれ、読んだんですか⁉」

史花の頬がみるみるうちに赤く染まっていく。

昨夜、優成は史花をベッドに運んだあと、ダイニングテーブルで彼女が読んでいた記事に目を通していた。どれもごくあたり前のコツではあるが、今の優成たちには足りていないものばかりだ。

　単なる同居人でいいと思っていたはずが、史花の健気な姿を見て気が変わった。このままではいけない。

「盗み見するつもりはなかったんだ。悪かった」

「あ、いえ、大丈夫……です」

史花はしどろもどろで目を泳がせ、目線を自分の手元に落とした。頬はまだ赤い。

「本物の夫婦を目指そう」

「……いいんですか？」

顔を上げ、目を瞬かせる。優成がそんなことを言うとは予想もしていなかった顔だ。

「ああ」

既婚者になってもなお、女性から誘われるのは優成たちがあまりにも夫婦らしくないからなのかもしれない。特にＣＡの小早川環はお構いなし。何度冷たく断ってもめげないときている。

　さすがに仮面夫婦とまでは気づかないだろうが、優成たちの距離感を敏感に察知し、押せばどうにでもなると感じているのかもしれない。であれば本末転倒だ。

　交際〇日、愛のない結婚をしたふたりが、どこまで本物に近づけるかはわからない。

だが、優成には史花に結婚を申し込んだ責任がある。

「ありがとうございます」

花が咲くように顔をぱあっとさせて微笑む史花を見て、鼓動が乱れた。

(いや、待て。なんだ今のは)

柄にもなく動揺する。しかしただの心臓の誤作動か動悸に違いないと片づけ、優成はトーストにかぶりついた。

# 再送信のフライトプラン

人生とは予測不能だと、史花はつくづく感じている。

優成との交際〇日婚はもちろん、彼に『本物の夫婦を目指そう』と言ってもらえるとは思いもしなかった。

〝夫婦仲がよくなる妻の行動〟も〝夫婦円満のコツ〟も、史花ひとりで実行するのだと半ば覚悟を決めていたため、うれしくてたまらない。

そもそも夫婦の問題を妻がひとりでどうにかできるものでもないけれど。優成には相談できなかったため仕方がなかった。

初めてふたりで朝食を食べたときのことを思い出すと、自然と笑みが零れる。

（あのときは突然でびっくりしたな……）

ひとりきりだった食卓に彼がいる光景にどぎまぎし、これが結婚生活というものなのかと照れくさくもある。

あれから二週間、都合がつくときには優成も自宅で食事をし、フライトで不在にするときにもこまめに連絡を取り合うようになった。

最初は【今、ロンドンのヒースローに到着】【これからトロントに飛ぶ】など業務連絡と変わらないメッセージのやり取りだったが、ここ数日はスタンプも入り交じり、恋人……とまではいかなくても友人の域には達したように思う。

夜勤を終えて帰宅し、自室でバッグからスマートフォンを取り出す。仕事を終えたときに優成から【帰宅したら電話をくれないか】とメッセージが届いていたのだ。

彼は今日、札幌発福岡行きの便に搭乗予定である。

(電話をかける前に〝あれ〟を準備しないと)

史花はメイク道具をしまっている引き出しの隅に忍ばせたメモを取り出した。そこには優成との通話のときに会話に困らないよう、いわゆる〝ネタ〟が書いてある。

優成とコミュニケーションを取れるようになったのは喜ばしいが、もともと日常の行動パターンに変化のない史花には優成を楽しませるような話題もなければ、技術もない。

仕事や自宅での些細《ささい》な出来事を書いているだけにすぎないが、メモがあるのとないのとでは安心感が違う。沈黙はできるだけ避けたい。

それはおそらく元彼につまらない女と言われた過去が尾を引いているのだろう。

そこに昨日の出来事を付け加える。

「【コーヒーカップを割ってしまったので、新しいものを買ってきました】と」

思いきってペアにしたが、優成はどんな反応をするだろうか。その点がちょっと心配ではある。

準備万端整い、スマートフォンの着信履歴を開く。ずらっと並んだ優成の名前を見て、なんともいえずくすぐったい気持ちになる。

合間に母の名前がひとつふたつあるが、ほぼ優成で埋め尽くされていた。以前は母一色だったため、この変化は大きい。

いよいよ優成の名前をタップする。三コールで彼が出た。

『おかえり』

「た、ただいま帰りました」

開口一番に言われ、言葉に詰まりつつ返す。

「まだホテルですか?」

『今、出ようとしていたところ』

「ごめんなさい、忙しいときに」

メモなんて書いていたから遅くなったのだと後悔する。

『いや、電話が欲しいと言ったのは俺だから』

「ありがとうございます……」

近頃よく思うが、優成は優しい人だ。

女嫌いと聞いていたため冷たくあしらわれる覚悟もしていたが、本物の夫婦を目指すと言って以降、史花ときちんと向き合おうとする姿や態度にそんな点は見られない。優成はむしろ気遣いのできる人だ。

『時間があまりないから手短に言うが、明日は休みだろう？』

「はい、明日から二連休です」

『俺も休みだからデートしよう』

予想外の誘いが史花から言葉を奪う。頭の反応の鈍さに反して、心臓はどっくんと大きく弾んだ。

(だけど聞き間違いかもしれないわ。電波状況があまりよくなくて混線したのかもしれないし)

大きく動揺して頭が混乱する。

『史花？　聞いてるか？』

「は、はいっ、すみません。もう一度言ってもらってもいいですか？」

『デートしようと言ったんだ』

「デ、デート……」

ついロごもると、優成は電話の向こうでクスッと笑った。

(聞き間違いじゃなかった……！)

『そうだ、デート。〝夫婦で初めての体験をする〟ってあっただろう？　俺たちはまだ、ふたりでどこにも出かけていない』

食事やまめな連絡ができるようになって満足している史花とは違い、優成は口だけでなく実行力のある人のようだ。

友人止まりの関係は、夫婦にはまだほど遠い。

優成はそれを見越して、〝夫婦円満のコツ〟を本気で実行しようとしてくれている。

史花の悩みに寄りそう優しさに胸が熱くなった。

「はい、ぜひ行きたいです」

『それじゃ行きたいところだとか、やりたいこととかあれば考えておいて。俺も考えてみるから』

「あっ、くれぐれもフライト中は」

『もちろんわかってる。史花はほんと真面目だな』

優成に言われてハッとした。有能なパイロットの彼に余計なお節介も甚《はなは》だしい。

「すみません。今のは聞かなかったことにしてください」

『気にするな。じゃ、そろそろ行かないと』

「はい、お気をつけて。あの……」

『なに？』

聞き返され、「なんでもないです」と誤魔化す。〝楽しみにしてます〟と言うべきだろうと思ったが、恥ずかしくて無理だった。

通話を切り、ほっと息を吐く。未だに彼との電話は緊張してしまう。

（でも前よりはマシになったよね）

以前は優成の受け答えを想定したシナリオに近いものが必要だったが、随分と普通にしゃべれるようになった。シナリオを使っていたときは思い通りの会話にならず、焦りに焦ったものだ。

二週間でここまで進歩すれば大きな成長だろう。

「あっ、コーヒーカップの話をしそびれちゃった」

話題が予想外の展開になったため、コーヒーカップの〝コの字〟も出てこなかった。必要なかったネタのメモを畳み、元の場所に戻す。

（シャワーを浴びてこよう）

史花は、どことなく弾む気持ちでバスルームに向かった。

数時間の仮眠を取ったその日の午後、史花はマンションをあとにした。

照りつける太陽を日傘で避けながら、向かうはフラワーアレンジメント教室である。

梅雨が明け、容赦のない日差しがアスファルトで跳ね返る。今朝、職場をあとにするときに確認した気象予報図では、優成が向かった福岡の空も雲はひとつもなかった。

(視界良好が一番ね)

史花たちの結婚生活はまだ不鮮明で薄曇りかもしれないが、いつかは日本上空に広がる高気圧みたいな日がくればいいなと祈らずにはいられない。

「夏といえばひまわりですね。今日は、このひまわりを使ってアレンジしていきましょう」

講師のかけ声で史花たち生徒は、テーブルいっぱいに並べられたひまわりを手に取った。

「ひまわりは向きが大事です。全部同じ方向を向けるよりは少しずつ角度をつけてあげると、よりおしゃれな感じに仕上がります」

アドバイスを聞きながらオアシスに挿していく。

「ちなみに花言葉は〝あなただけを見つめています〟ですとか、〝あなたを幸せにします〟だそうです。みなさんにもそうして大切にしたい方がいらっしゃると思いますので、その方を思い浮かべながらアレンジしてみてください」

講師の言葉で生徒たちが「ふふ」と笑みを漏らす。

なんて情熱的な花だろうか。

大学生のときにした恋は、そこまで強い想いは感じていなかったような気がする。子どもの頃にするような、淡くほのかな恋心だった。

（いつか私もひまわりの花言葉のように、誰かをそんなふうに思える日が来るのかな……）

ふと優成の顔が浮かんでドキッとする。

（えっ、やだ、どうして？）

意図せず乱れた鼓動を宥《なだ》めようと胸に手をあてていると、喜乃が微笑んだ。

「このお花、史花さんみたいね」

「私みたい、ですか？」

夏の代表ともいえるひまわりは色鮮やかで、見るだけで元気になる花だ。花言葉のような熱量もなく、どちらかといえば史花とは対極にある。

それが史花のようとはいったい。

「ええ。今日の史花さん、とってもいい表情だから。このひまわりみたいに、ぱあっと咲いているみたい」

「そ、そうでしょうか」

自分の両頬に手をあてる。明るく華やかなひまわりには申し訳ないやらうれしいやらで、とても面映ゆい。

「なにかいいことでもあったのかしら」

「じつは明日、優成さんと出かける約束をしたんです」

喜乃に良好な夫婦関係をアピールする絶好のチャンスだと思い、正直に打ち明けた。

夫婦円満のコツを実践して、少しずつ夫婦に近づいているようでウキウキする。

(違う違う。これは喜乃さんを安心させるためなんだから)

優成との約束に浮かれているわけではないと自分を制する。

普通の夫婦と比べたらまだまだだと思うが、お互いに背を向け合っていた状態からは脱していると思っていいだろう。

(あっ、これってあの〝自然な笑顔〟を実践できているって思ってもいいのかな)

最初はぎこちなさばかり際立って、優成に若干引かれていたが。

「まあ！　デート？」

喜乃の声が大きかったため、ほかの生徒たちの視線を浴びてしまった。

〝すみません〟とあちこちに頭を軽く下げる。恥ずかしい。

「ごめんなさいね。つい興奮しちゃったわ。私が無理にふたりをくっつけたから、嫌な思いをさせているんじゃないかと心配していたの」

「ご心配をおかけしてすみません」

喜乃はずっと気に病んでいたようで申し訳なくなる。たしかに結婚を提案したのは喜乃だが、決めたのは優成と史花だ。

「仲良くやっているようで安心したわ」

喜乃の笑顔もひまわりのよう。うれしそうにオアシスに挿す。

明日はふたりでなにをしようかと考えながら、史花も喜乃に続いた。


その夜、史花は帰宅した優成に手のひら大の紙を差し出した。

「これは？」

不思議そうに彼が尋ねる。

「くじです」

紙には三本の長い線が書かれている。

「どれかひとつ選んでいただけますか？」

「なにを選ぶくじ？」

「明日なにをやるか決められなくて」

　フラワーアレンジメントのレッスン中も帰宅途中の電車の中でも考えたが、ひとつに絞れず、思いついたのがこれだった。

「それでくじを？」

　史花は決してふざけているのではなく大真面目に作ったが、優成は目をぱちっと瞬かせて一瞬硬まった。

（くじなんて子どもっぽいことをしちゃったかも）

　いい大人がなにをやっているんだと呆れられたかもしれない。

　後悔した矢先、優成は紙を手に取った。

「三つの中から選べばいいんだろう？」

「はい。優成さんがひとつ選んでくださるとうれしいんですけど……」

　候補はどれもデートの定番である。

「それじゃ、真ん中で」

「真ん中ですね？　では、いきます。明日は……」

返された紙の折り目を優成の目の前で開いていく。結果は――。

「ドライブになりました」

にっこり報告したが、ふと心配になる。

「……大丈夫ですか？　ドライブで」

勝手に選択肢の中に入れたものの、史花は車を持っていないため運転は優成にお願いするしかない。

「問題ない」

「よかった」

「ちなみにほかの候補は？」

「映画と水族館でした。三つとも定番なんですが……」

それ以外に思い浮かばず、そしてどれかを選べず、くじに託したのだ。

「俺も同じようなものを考えていたから」

「そうですか。よかった」

優成もそうだと聞きホッとする。

「行き先は俺が決めても？」

「もちろんです」

それはかえって助かる。

「それじゃ、夏だけど涼しい場所に行こう」

「夏だけど涼しい場所？」

（海？　それとも山？）

「どこですか？」

首を傾げて問いかける。

「まだ内緒」

「それじゃ、どんな格好をしたらいいですか？」

行く場所には相応の服装がある。場違いな格好は避けたい。

「そうだな……動きやすい格好がいい。足元はスニーカーで」

「軽装ですね。わかりました」

頭の中で服装をイメージしつつ答える。

（Tシャツにジーンズでいいのかな。……それともラフすぎる？）

なにしろ初めてのデート。カジュアルすぎるものはイメージと外れる。

（うーん、どうしようかな）

顎に手を添え物思いに耽りそうになって、はたと止める。優成の視線を感じたのだ。

「……あ、あの、ご飯は食べますか？」

「もちろん」

優成は即答。〝もちろん〟という言葉がうれしい。

「すぐにあたためますね。今夜は鶏肉とズッキーニの甘酢煮を作ってみたんです」

彼の口にどうか合いますようにと祈りながら、史花は完成して盛りつけてあった皿を電子レンジに入れた。


翌朝、優成の運転する車に乗り、史花たちはドライブに出発した。

夫婦で初めての体験、ふたりの初めてのデート。そう考えるとワクワクする。

(今日をきっかけにして、また少し夫婦らしくなりたいな)

眩しいくらいに晴れ渡った空には太陽が我が物顔で輝く。今日も暑くなりそうだ。

フロントガラス越しに見上げ、史花は目を細めた。

街中の渋滞を抜け、車は高速道に乗り、快調に進んでいく。

「どこへ向かっているのか、そろそろ教えてください」

史花が尋ねると、ハンドルを握る優成の口角がわずかに上がった。

彼のアドバイスに従い、今日はカジュアルな服装にしてきた。初デートでTシャツは色気がないので、黒いスキニージーンズにベージュのバルーンスリーブのブラウス、足元は指示通りスニーカーである。

横顔に笑みを浮かべる優成も、ストレッチジーンズに白いボタンダウンシャツという爽やかコーデ。優成はなにを着ても憎いくらいに様になる。

「鍾乳洞《しょうにゅうどう》」

「え？　どこまで行くんですか？」

日帰りで行けるところなのかと心配になる。お泊りセットは準備していない。

「奥多摩《おくたま》。日原《にっぱら》鍾乳洞って聞いたことない？」

「恥ずかしながら、はい」

史花は初耳である。

「関東でも有数の鍾乳洞だ」

「そうなんですか。東京にそんなものがあるなんて知りませんでした。……あ、だから〝夏だけど涼しい場所〟なんですね」

優成が頷く。

鍾乳洞は一年を通して気温が低いと聞く。

「私、奥多摩も鍾乳洞も初めてなので楽しみです」

史花が笑いかけると、優成は軽く頷いた。

(鍾乳洞ってテレビや写真でしか見たことないけど、どんな感じなんだろう)

ふと気になってバッグからスマートフォンを取り出す。この頃の史花はやたらと検索魔だ。

(……でも、優成さんが運転してる横でスマートフォンをいじるのは失礼かな)

画面の検索窓に文字を入力する直前で思い留まる。バッグに戻そうとして、忍ばせてきたメモを見つけた。優成と電話するときに会話に困らないよう、話す内容を書いたものだ。今日は念のために持ってきていた。

「優成さんの不在中にコーヒーカップをひとつ割ってしまって」

「そんなの気にするな」

「すみません、ありがとうございます。それで、じつは新しいカップを買ってあって」

次回の電話まで話すのをとっておこうとコーヒーカップも使わずにしまってあるが、やっぱり報告したい。

「わざわざいいのに」

「いいえ、私のほうこそごめんなさい。ペアで買ったので、そういうのは使いたくなかったら遠慮なく言ってください」

優成の意見も聞かずに買ったため、もしも彼が嫌なら仕方がない。夫婦は意見のすり合わせも大事だ。

「帰ったらそれでコーヒーを飲もう」

車が赤信号で止まり、優成が史花を見る。穏やかな笑みを向けられ、つい目が泳いだ。顔面偏差値の高い彼の笑顔を直視できない。

「は、はい、ありがとうございます」

不自然に前を見て軽く頭を下げた。


およそ二時間半後、史花たちは山間の目的地に到着。初デート候補にドライブを安易に入れたのを、史花は密かに後悔していた。

二時間半もの長時間を密室でふたりきりで過ごすのは、ぎこちなさの抜けないふたりには難易度が高かったのだ。

もともと優成も史花もおしゃべりなほうではなく、必然的に会話が途切れる。念のためにバッグに忍ばせてきたメモをもってしても、あまり上手に話せなかった。

窓から見える景色を指差しては、『山が青々としてますね』『雲がひとつもないですね』と言うのに精いっぱい。運転中の優成はよそ見ができないというのに。

もう少し話せる内容を増やそうと心に誓いつつ、駐車場で車を降りる。その瞬間、暑さとはべつの空気を感じた。澄んだ風に包まれ、清らかな水音が聞こえてくる。近くに湧き水か川が流れているみたいだ。

気温は高いのに場所柄のせいか、不快さはだいぶ和らいでいる。狭い車内から出た解放感もあるだろう。

「史花、これを着て」

優成が後部座席から取り出したものを史花に差し出す。ウインドブレーカーだ。

「鍾乳洞の中は涼しいというより寒いから」

「ありがとうございます。でも優成さんは？」

「俺の分もあるから心配いらない」

優成はもう一枚を取り出し、史花に「ほら」と見せた。

それならと遠慮なく受け取り、腕に掛ける。ここで着るのはまだ早いだろう。

「行こうか」

「はい」

川沿いを歩いて進むこと五分、鍾乳洞入口の看板を見つけた。

その場で揃ってウインドブレーカーを着て、仄暗《ほのぐら》い洞内に足を踏み入れる。一歩進んだだけで、ひんやりとした空気が中から漂ってきた。

「足元、気をつけて」

「はい」

入って早々、なだらかな階段があった。ライトが点在して足元を照らしてくれているが、凸凹だし滴る水でぬかるんでいる。

(ここで転んだら最悪ね)

優成の背中を追って歩きだしたそのとき。

「〝気をつけて〟じゃないよな」

立ち止まった優成が手を伸ばしてきた。

「……え？」

「手、繫ごうか。夫婦なら、こういうときそうするものだろう？」

彼の言葉にドキッとした。思わず彼の顔と手を交互に見る。

(手を……？)

戸惑っているうちに、観光客が後ろから「すみませーん」と言いつつ史花たちを追い越していく。

「史花」

「は、はい」

名前を呼ばれ、そっと伸ばした手を優成に掴まれた。

「行こう」

彼に小さく頷き、並んで階段を下りていく。

(優成さんの手、大きい)

男性と手を繋ぐのは初めてではないのに、気温が徐々に下がっていくのに反比例して鼓動は高まっていく。水たまりや急な階段で強く握られるたびに、心臓がありえないほど飛び跳ねた。

「優成さんが言っていた通りですね。涼しいよりは寒い」

「外とは二十度近く差があるだろう。ここは一年を通して十度程度しかないらしい」

「そうなんですか。上着、ありがとうございました」

ウインドブレーカーを手で摘まんで見せる。これがなかったら凍えただろう。

「優成さんはここへ来たことがあるんですか?」

「子どものときに一度、両親とね。離婚する前に最後に出かけた場所だったんだ」

話題の振り方を間違えた。悲しい過去を思い出させるつもりはなかったのに。

「……ごめんなさい」

「あ、いや、今はもう子どもの頃のような感傷的な気持ちにはならないから」

史花を気遣ってか、優成がフォローする。

「でもなんだろうな。……史花とここに来てみたかった」

それはとてもうれしい言葉だった。

複雑な家庭環境だったとはいえ、ここは優成にとって家族との思い出の場所。そこに史花を連れてきてくれた。確実に一歩、彼に近づけた気がしたのだ。

「ありがとうございます」

繋いだ指先にわずかに力を込めると、躊躇いがちにそっと握り返された。

そうして仄暗い洞内を突き進んでいくと、不意に視界が開ける。これまで狭かったのが嘘のように、上にも横にも空間が広がった。日原鍾乳洞のメインの場所のようだ。

ライトアップされた岩肌が青や緑、紫と移り変わっていく。

「なんだか異世界に迷い込んだみたい……」

自然の芸術品、不思議な空間だ。

「すごいですね。……そうだ、優成さんは空から見えるお気に入りの景色ってありますか？」

芸術的な光景を見て、ふと聞いてみたくなった。パイロットならではの景色がきっとあるだろう。

「ビーナスベルトかな」

「ビーナスベルト？」

初めて聞く言葉のため、繰り返して聞き返す。

「日没や日の出のごくわずかな時間に見られる大気現象で、空の低い位置にピンク色のグラデーションが現れることがある」

「空の景色なんですね。勉強不足で恥ずかしいです」

「運航を左右する現象じゃないから気にするな」

優成の気遣いに救われる。

「ありがとうございます。ちなみにそれは夕焼けみたいなものですか？」

「いや、広範囲のピンクじゃなくて、アッシュピンクの帯状のラインなんだ。それがビーナスベルトと呼ばれていて、それを境に上の部分が昼で、下が夜。ビーナスベルトの下に見える薄い紺色の部分は、じつは地球の影なんだ」

「地球の影⁉」

驚いた声が洞内に反響する。近くにいた年配の夫婦が振り返ったため、慌てて口元を手で押さえた。

「そう。晴れた日のわずかな時間しか見られないから貴重な景色だ」

「素敵ですね」

景色はもちろんネーミングセンスも。きっと美しいグラデーションなのだろう。

「史花は飛行機にはあまり乗らない？」

「頻繁ではないですけど、一年に何度かは。でも景色というより雲ばかり気になって」

小さな窓から見える限られた範囲で、雲や航空機の動きを気にせずにはいられない。仕事中だろうが休みだろうが、年がら年中、空模様が気になって仕方がないのだ。

「ディスパッチャーの職業病だな」

「そうかもしれません」

クスッと笑った優成に笑い返す。

いつの間にか自然な笑顔が出せている自分に気づいてうれしくなる。〝夫婦円満のコツ〟に従って実行した初デートは、大成功といっていいだろう。ふたりで初めての経験をするのは、距離を縮めるのにはもってこいだとわかった。

「父にもお気に入りの景色を聞いておけばよかった」

「幼い頃に亡くなったっていうお父さん？」

「はい。じつはパイロットだったんです」

「そうだったのか」

優成は目を丸くした。

「父もビーナスベルトを見たのかな……」

「見たと思うよ」

きっと優成と同じように、お気に入りの景色だっただろう。そう思うとなんだか胸があたたかくなった。

「優成さん、今日はありがとうございます」

「突然なに」

「〝円満〟に向かって順調に進めているのは優成さんのおかげです」

今、感じたままの気持ちを口にする。

優成が一緒に実践しようと言ってくれなかったら、きっとこうはいかなかった。史花ひとりで空回りして、本物の夫婦から遠ざかるいっぽうだっただろう。

「俺は史花の提案に乗っただけだ」

「優成さんが乗ってくれなかったら、こうしてデートもできませんでしたから」

優成にネットリサーチがバレたときは恥ずかしかったが、あのきっかけがなかったら今もひとりで悩んで迷路に迷い込んでいたに違いない。

優成はふっと笑みを浮かべ、史花の手を引いた。

「この少し先に縁結び観音がある」

「……縁結び？」

鍾乳洞の奥にそんなものがある驚きより先に、優成が史花との縁をしっかり結びたいと願っているように感じてドキッとした。

「ああ。お参りしてから戻ろう」

「はい」

優成の発言に深い意味はないのかもしれない。ここにいる神様にお参りしてから帰ろうというだけなのかもしれないと、浮かれた自分を否定しながら足を進める。

しばらく行くと、石に囲まれ鎮座する観音があった。小さいのに厳粛《げんしゅく》な雰囲気が漂う。

階段を上がり、優成と並んで立った。

揃って手を合わせて祈りを捧げる。

（誰がどこから見ても夫婦らしくなれますように……）

心の中でゆっくり念じて目を開けると、優成もちょうど手を下ろしたところだった。

「これでまた一歩、本物の夫婦に近づけましたよね」

そうであってほしいと願いながら、優成にめいっぱい微笑みかける。

「……ああ」

優成は一瞬瞳を揺らし、一拍遅れて頷いた。

観音に祈っただけで夫婦になれるわけがないと呆れられてしまったか。たしかに史花は信仰心が厚いわけではないから、こういうときばかり神様に頼るのはおかしいかもしれない。

「祈るだけでなれるはずないですね」

慌てて打ち消したが。

「少なくとも気持ちは伝わったはずだ」

予想に反してやわらかな笑みを返された。

この頃たびたび向けられる彼の笑顔は破壊力が半端でない。史花は弾んだ鼓動を宥めるように胸に手をあてた。

「そろそろ外の世界へ戻ろう」

再び手を繋ぎ、史花たちは歩いてきた道を引き返した。

「私、なにか飲み物を買ってきます」

駐車場の隅に自動販売機を見つけ、バッグから財布を取り出す。

「優成さんはなにがいいですか？」

問いかけたそのとき、優成は腰を屈めてなにかを拾い上げた。

「あっ、それは……！」

【コーヒーカップを割ってしまったので、新しいものを買ってきました】？」

不思議そうな顔をして一本調子で読み上げた彼から、拾ったものを急いで取り返す。

あのメモだったのだ。財布を取り出した弾みで落としてしまったらしい。

「これはその……」

なんでもないと誤魔化そうとも思ったが、中身を読まれたため通用しないだろう。

「会話に詰まったときに使おうと思って書き溜めたものなんです」

優成は目を瞬かせた。謎を深めてしまったか。

「……会話って俺との？」

頷いてから続ける。

「面白い話も気の利いた話もできないので、せめて退屈だけは避けようと思って……。

じつは昔、ある人に『一緒にいてもつまらない女だ』と言われたことがあったんです。

それがずっと引っかかっていて……」

これがあるからといって楽しませられているわけではないけれど、ないよりはあったほうが心強い。

(恥ずかしいものを見られちゃった)

メモを小さく折りたたんでバッグの中に無造作に突っ込んだ。

優成の眉尻がわずかに下がる。困ったような、それでいて複雑な表情だ。

(やっぱり引かれたよね……。もっとちゃんとしまっておけばよかった)

後悔しても、もう遅い。見られたうえ、自分から白状したのだから。

「そんなに気負うな」

「……はい?」

「面白い話をしなきゃとか、楽しませなきゃなんて身構えなくていいから」

思いがけない言葉をかけられた。

「まぁ、史花がそうせざるを得ない状況を作っているのは俺なんだよな」

優成がボソッと呟いて自嘲する。

「いえっ、私が勝手にやっていることなので」

優成のせいでは決してない。話し下手だからそうしているだけであり、史花側の事情なのだから。

「話に詰まったら黙っていればいい。俺は、史花との沈黙は苦痛じゃないから」

「……そう、なんですか？」

優成は小さく二度頷いた。

予想外の言葉にどぎまぎする。

会話は途切れないほうがいい、とにかく場を繋げなくてはと決めつけていた。優成を少しでも楽しませたい、退屈させたくないと。

昔言われたあの言葉が、ずっと呪縛になっていた。契約結婚ではあるが、史花を妻に選んだのが間違いだったと思ってほしくなかったのもある。

(沈黙は気にしなくていいんだ)

優成に言われ、気持ちがふっと軽くなった。

「飲み物、一緒に買いにいこう」

優成が手を差し出す。

「はい」

迷わずその手を握り、自動販売機へ並んで向かった。

休みが明け、今日からまた四連勤。出勤した史花は、挨拶を交わしながらデスクに着いた。

「ふみちゃん、おはよう」

「センター長、おはようございます」

「おっ？　なんだかすっきりした表情だね。いい休日を過ごした証拠だ」

しげしげと史花の顔を観察し、木原が相好《そうこう》を崩す。

「はい、おかげさまで充実した休みでした」

鍾乳洞をあとにした史花たちは、見晴らしのいい高台のレストランで遅めのランチをとって帰宅。夜は史花の手料理をふたりで食べた。

もちろんそのあとは、買ったばかりのペアカップでコーヒーも飲んだ。

「津城くんとお出かけでも？　っと、セクハラと言われたら大変だ」

木原は両手の人差し指を使って、自分の口の前でバッテンを作った。

「そうですよ、木原センター長。プライベートな情報を聞き出すのはセクハラと取られかねません」

ちょうど歩いてきた同僚の未希が大真面目に、だけどどこか芝居がかった口調で釘を刺す。胸の前で腕を組み、眉間に皺を寄せた。

「生きにくい世の中になったものだ。昔はもっと気楽でよかったんだがね」

「昔を持ち出すところがおじさん丸出しですよ、センター長」

眉尻を下げて悲しむ木原に、未希は容赦がない。

「その〝おじさん〟発言こそ、セクハラじゃないのかね？　なぁ、ふみちゃん？」

「史花さんを味方につけようとしてずるいですよ。ね、史花さん？」

ふたりから助けを求められ、史花はクスクス笑い返して続ける。

「引継ぎの時間になりましたのでお願いします」

「真面目か！」

木原は鋭く突っ込みつつ、「よし、じゃあ気を引きしめて引継ぎといこう」と言って手をパンパンと叩いた。

夜勤のスタッフとの引継ぎを終え、休み明けの業務がスタートする。史花の運航支援を担当する未希とモニターがたくさん並ぶデスクに着き、早速フライトプランの作成に入った。

「史花さん、今日一日よろしくお願いします」

「こちらこそフォローをよろしくね、未希ちゃん」

「任せてください」

片手でガッツポーズをする未希に頷き、モニターに天気図を表示させる。

優成の声かけで実践している〝夫婦円満のコツ〟は、少しずつとはいえ着実にふたりの距離を縮めている。

会話でのコミュニケーションはだいぶとれるようになったし、昨日は初めてデートもした。それも彼にとって思い出深い場所で。その特別感が史花に自信をつけさせる。

沈黙を恐れる必要はないと言われたため、あのメモは潔く捨てた。

帰りの車中で当然ながら沈黙が訪れてそわそわしたが、思っていた以上に苦ではなく、むしろ心地よささえ感じた。きっと優成が『気負うな』と言ってくれたおかげだろう。正直に彼に話して、悩みを共有してもらって正解だった。

『俺は、史花との沈黙は苦痛じゃないから』

彼に言われた言葉が脳裏に蘇りうれしくなる。

ふと優成のあたたかい手の感触を思い出した。異性と手を繋ぐのは初めてではないのに、頬が熱い。

いわゆる〝夫婦生活〟というスキンシップにはまだ程遠いけれど、期待しすぎないこともも大切だとコツには書かれていた。

（焦りは禁物よね）

自分で自分に納得していると、隣の未希から声をかけられた。

「史花さん、十一時発沖縄行き240便からキャプテンリクエストが入りました」

電話の受話器を史花に差し出してくる。

（……フライトプランにおかしな点でもあったかな）

史花に嫌な緊張が走る。

キャプテンリクエストとは、作成したフライトプランをもとにブリーフィングを行った機長が、プランになんらかの疑義がある際に入れる連絡である。

優成が以前そうしたように直接フライトコントロールセンターに足を運ぶこともあるが、こうして電話で入る場合が多い。

「はい、津城です」

『搭載燃料ですが、エキストラを二〇〇〇ポンドお願いします』

「十分な量を準備していますが」

作成して提出したフライトプランをモニターに表示させる。

燃料は多ければいいというわけではない。多く積んだ分、航空機の重量が増し、余計に燃料が必要となったり速度に影響したりするのだ。

『那覇《なは》は荒天が予想され、上空で待機、もしくはダイバートが二カ所設定されていますよね？』

「はい、そのように設定しました」

ダイバートとは目的地以外の空港などに着陸することを指す。

沖縄は現在、台風の接近に伴い風雨が非常に強まっているため、着陸できない場合に備え、史花はたしかにダイバートを設定した。

（たしか鹿児島《かごしま》空港のほかに羽田空港に引き返す可能性もあると予想して、二カ所設定したはずだけど……）

機長に指摘されて急いでフライトプランを確認する。

『羽田に引き返すことになった場合、この燃料では足りないのでは？』

「あっ……」

ダイバートを二カ所設定する場合、当然ながらより遠方の空港まで飛行可能な燃料を積まなければならない。ところが史花のプランでは那覇から近い鹿児島空港までの燃料しか考慮していなかったのだ。

つまり史花によるケアレスミスである。

「申し訳ありません！」

受話器を持ちながらその場で頭を下げる。

「二〇〇〇ポンド追加したプランをすぐに送信しなおします」

電話を切り、即座に燃料を修正、送信ボタンを押した。

（こんな初歩的なミスを犯すなんて……）

キャプテンリクエストは珍しいことではないし、不安定な天候の読み違いなら何度かあるが、ダイバート絡みで搭載燃料を誤るなんてこれまで一度もなかった。

当然ながら車と違って航空機は一度離陸してからは停止できない。つまり目的地に到着するまでに燃料が足りなかったでは済まないのだ。

「史花さん、すみません。私のチェックミスです」

「ううん、私の責任よ」

運航支援者である未希のサポートによる二重チェックはもちろん大事だが、ディスパッチャーの署名欄に史花のデジタルサインがある以上、史花が責任を負わなければならない。

神経を研ぎ澄ませて集中しなければならないときに、優成との結婚生活をあれこれ考えながらフライトプランを作成していたせいだ。本物の夫婦に近づきつつあると浮かれていた。

「ふみちゃん、少し気分転換してきたらどう？」

やり取りを遠くから見守っていたのだろう。木原が提案してきた。

「ですが……」

航空機の発着は待ってはくれない。

「戻ってくるまでの間、私がやっておくから。ほら、立って立って」

木原が史花の椅子を引きながらくるりと反転させる。

「これは上司命令。行っておいで」

優しくそう言われれば首を横には振れない。頭を冷やしてくるのもいいだろう。

おずおずと立ち上がり、頭を下げた。

「すみません。では少しだけよろしくお願いします。未希ちゃんもごめんね」

「いえ、私こそです」

ふたりに任せ、史花はいったんその場を離れた。

（なにか飲んで落ち着こう）

軽く深呼吸をしてフライトコントロールセンターを出る。展望デッキに向かう途中にある自動販売機を目指していると、あまり顔を合わせたくない人物が反対側から来るのが見えた。ＣＡの環だ。

親しく会話をするような仲ではないため目線を下げ、通路の端を歩く。すれ違いざまに会釈をすると、彼女がちょうど史花の真横で足を止めた。

「どこか体調でも悪いの？」

「……えっ？」

話しかけられるとは思っていなかったため声が上ずる。体を気遣うような言葉だから尚更だ。

（もしかしたらさっきのミスで、顔から血の気が失せているのかな……）

立ち止まって環と向かい合った。

「いえ、特にどこも悪くはありません。お気遣いありがとうございます」

頬に手をあてながら頭を下げる。

「ううん、いいのよ。ずいぶんと初歩的なミスを犯すから、どこか悪いのかと思っただけだから」

ドキッとした。搭載燃料の件だろう。環もあの場に居合わせたのかもしれない。

微笑んでいるのに彼女の目は氷のように冷ややかだ。体調を気遣う言葉は嫌味だったのだと遅ればせながら気づく。

「……ご迷惑をおかけして申し訳ありませんでした」

ミスは事実のため、史花は謝る以外にない。

「キャプテンに気づいてもらえてよかったわね。もしもあのまま飛んでいたら一大事だったわ」

「以後、十分気をつけます」

環の言い分はもっともだ。搭載燃料の読み誤りによる事故は過去にはないが、可能性がゼロとは言いきれないため、細心の注意を払っていく以外にない。

「そうね。じゃないと有能なパイロットの津城さんの名も穢《けが》してしまうもの。いっそ今のうちに妻の座を降りるっていうのもアリなんじゃないかしら」

「はい？」

(妻の座を降りる？　……離婚ってこと？)

「そもそも本当に結婚してるのか怪しいところだわ」

ギクッとした。

「し、してます」

即答しつつ目が泳ぐ。結婚はしているが、実情が伴っていないせいだ。

環がそれを敏感に察知していたらどうしようと気が気でない。

「私、津城さんがあなたを選んだのが未だに信じられないの」

探るように強い眼差しで見つめられ、堪えきれず目を逸らした。

結婚当初に比べれば優成との距離は縮まったが、夫婦だと胸を張る自信はまだない。だから環の揺さぶりに簡単に屈してしまうのだ。

「なにか裏があるんでしょう？」

環が疑いの眼差しを史花に向けたそのとき。

「裏ってなに？　なんの話？」

通りかかった白石が声をかけてきた。チャラいと噂のコーパイ、環の元彼である。

「あ、いえ……」

「白石さんには関係のない話です」

曖昧に濁す史花と対照的に、環は白石をきっぱりとはねつけた。

「そう？　だけど、こんなところで油を売っていいの？　そろそろフライトの時間じゃない？」

「白石さんに言われなくてもわかっています」

袖を捲《まく》って腕時計を指し示す白石に、環が刺々しく返す。片方の眉をぴくっと動かし、不満そうに彼を見た。

「わかっているなら急いだほうがいい」

白石がさらに急かす。手で追い払うような仕草までしたものだから、史花のほうがヒヤヒヤする。

環は険しい表情で顎をツンと上げ、史花を一瞥して踵を返した。

ヒールの音が遠ざかったところで、ふぅと息を吐き出す。

「史花ちゃん、大丈夫？」

「大丈夫です」

「なんか不穏な空気が漂ってたから思わず声をかけたけど。彼女、キツイから応えるだろ」

はっきり言いきる白石に向かって目を瞬かせる。

「史花ちゃんが津城さんと結婚したのが納得いかないって、方々で触れ回ってるらしいしね」

「そうなんですか……」

史花に対してだけでなく、あちこちで言っているとは驚きだ。

「自分が一番でないと気が済まない性質なんだよね。……あ、俺、こう見えて彼女の元彼」

白石が自分の胸を指差す。

「そうみたいですね。この前、聞きました」

「そっか、知ってたか。まぁ彼女もいろいろあってさ。環の父親、外にも子どもがいて、どうもそっちの娘ばかり溺愛してるらしくてね。そのせいで自己肯定感が低くて、承認欲求が人一倍強いのかも」

とんでもない打ち明け話をされてしまった。

(でも、あんなに綺麗で誰もが憧れるＣＡをしているのに、自己肯定感が低いなんて)

史花よりずっと恵まれているように見える。

「そんな話、私にしていいんですか?」

「史花ちゃんなら誰にも言わないだろう?」

「もちろん言いませんが……」

センシティブな個人情報を漏らすつもりはない。

白石は自分の唇の前に人差し指を立て〝しー〟という仕草をした。

「恋人がいようがいまいが、これまで何人も略奪してるから気をつけたほうがいい。俺が言うのも変だけど。まぁ、津城さんならその心配はないか。毎度、撃沈してるみたいだしね」

白石も環が優成を誘っている場面を何度か目撃しているようだ。

「って、噂をすればなんとやら」

白石の目線を辿っていくと、優成が歩いてくるのが見えた。

史花と白石を順に目で追い、彼が訝しそうに目を細める。

「じゃ、俺はこれで」

白石はひらりと手をひと振りし、優成とは反対の方向へ歩いていった。

近づいてきた優成に軽く頭を下げてから、少し他人行儀な仕草だったかと反省する。

「お疲れ様です」

「お疲れ」

立ち去った白石の背中をチラッと横目に見てから、優成が史花の前で立ち止まる。

「飲み物でも買いに行こうと思って。そうしたら白石さんと会ったんです」

なぜ白石と一緒にいたのか聞かれたわけでもないのに、言い訳が口をつく。実態はどうであれ表向きは優成の妻だから、ほかの男性と親しげにするのはあまりよくないだろう。

(優成さんはどうも思わないかもしれないけど)

当然ながら嫉妬なんて夢のまた夢だ。

「そう。じゃ、俺も一緒に」

「え？」

「飲み物。買いに行くんだろう？　俺も行く」

「そうですか。じゃあ一緒に」

先に歩きだした彼の隣にそっと並ぶ。背の高い彼の横顔を見上げ、先ほどの環の言葉を思い返した。

『有能なパイロットの津城さんの名も穢してしまうもの』

『そもそも本当に結婚してるのか怪しいところだわ』

辛辣《しんらつ》でありながら的を射た言葉になにも言い返せなかった。

デートをして夫婦の距離が縮まったと浮かれてミスをするなんて、本当に情けない。

（しっかりしなきゃいけないのに、私の失敗で優成さんにまで迷惑をかけたら……）

そう考えると怖くなる。

自動販売機の前に到着すると、優成はスマートフォンをかざした。

「俺はブラックだけど、史花はなんにする？」

「あ、ではあとでお金を」

「そんなのいいから」

「では……冷たいお茶で」

ふっと笑う彼に遠慮なくお願いする。優成は出てきたお茶のペットボトルを史花に差し出してきた。

「ありがとうございます」

「なにがあった？」

「はい？」

「浮かない顔してる」

鋭い観察眼に驚くと同時に、些細な変化に気づいてもらえたうれしさもあった。

「白石がなにか？」

環の顔も浮かんだが、その話は避けたい。

「いえ、それはないです」

「じつはちょっとミスをしてしまって」

「フライトプランで？」

頷きながらペットボトルの蓋を開ける。

「搭載燃料の量を間違えたんです。危うく燃料不足になるところでした。キャプテンが気づいてくださって事なきを得たんですが……」

「それは大変な事態になるところだったな。ひとつの小さなミスが乗員乗客の命を危険に晒す」

「……はい」

厳しい発言だが、優成の言う通り。飛行におけるミスは絶対に許されない。

「とはいえ、事前に危機回避できた」

「そうなんですが、ディスパッチャーになって二年目になるのに初歩的なミスで情けないです。木原センター長に少し気分転換してきたほうがいいと言われて、ここへ来たんです」

おそらく木原は、史花が休みボケしているのを敏感に察知し、頭を冷やしてこいと言いたかったのだろう。

夫婦らしくなりつつあると心を躍らせていたのはたしかだ。

「責任感が強いのは史花のいいところだけど、なんでもかんでもひとりで抱え込む必要はないんじゃないか？」

「……私、ひとりで抱え込んでいるでしょうか」

「少なくとも俺にはそう見える。仕事はもちろん結婚生活もそうだったろう？」

夫婦に関するリサーチのことを言っているに違いない。最初はひとりでなんとかしようと必死だったから。

「結婚生活は夫婦あってのものだし、仕事は仲間がいる。俺はキャプテンだけど、ディスパッチャーやコーパイをはじめとした空港のスタッフみんなの存在なくしては飛行機を飛ばせない。大勢の乗客の命を預かるのだから一人ひとりが完璧に仕事をこなすのは大前提ではあるけれど、足りない部分はみんなで補えばいいんじゃないか？」

「スタッフみんなで……」

ぽつりと呟く。

「そう。自分ひとりでできることには限界がある。史花はもっと仲間を頼れ」

優成は史花の肩にそっと手を置き、優しくトントンとした。

（……優成さんの言う通りだ。私は今までなにを思い上がっていたんだろう。私には頼りになる人たちがいるのに）

センター長の木原や運航支援者の同僚はもちろん、フライトプランの最終チェックをするキャプテンやコーパイが史花のバックにはついているのだ。

ディスパッチャーになってからずっと張り詰めていた気持ちが、ふと楽になるのを感じた。

結婚生活もそう。協力的な優成がいるのに、環の言葉に気持ちが揺らぐなんてどうかしている。史花たちはまだはじまったばかりなのだから。

これまでいかに肩肘張っていたのかわかるほど、心も体もふわりと軽くなった。

「そうですね。これからはそうしていこうと思います」

決意も新たに彼を見上げると、優しい眼差しとぶつかった。

意図せず見つめ合う格好になり、鼓動が乱れる。

なぜだろう、こんな場面で、史花はある想いに気づいた。

(私、優成さんが……好き)

それは不意に自覚した恋心だった。

仕事のさなか、それも悩みを聞いてもらっている場面で急に溢れてきた感情だった。

本物の夫婦になろうと協力してきた時間の中で、優成の優しさや気遣いに触れ、少しずつ育まれていたのかもしれない。

「ありがとうございました」

優成は軽く首を横にひと振りして応える。

「これから福岡へのフライトですよね」

「ああ」

優成が搭乗する便のフライトプランは、先ほど史花が作成している。

「気をつけていってきてください」

「ありがとう。帰りは明後日になる」

「夕食を準備して待ってます」

なににしようかと、瞬時に頭の中にいろいろなメニューが浮かぶ。

優成は微笑みながら頷き、右手をひらりと振って踵を返した。

（だけど私、優成さんを好きになってよかったのかな）

唐突に疑問が湧いた。

彼が目指しているのは、はたから見て本物に見える夫婦である。

つまりそこに恋愛感情は付随していない。

だとすれば史花に芽生えた感情は彼にとって不要であり、重荷になるのではないか。

新たな問題を抱え、史花は立ちすくんだ。

# 上昇気流に乗る想い

七月も終わりに差しかかったある夜。耳障りにならない程度のジャズが流れるバーのカウンターに座り、優成は二杯目のジントニックに口をつけた。

眼前に広がる煌びやかな夜景を目当てに多くの人が訪れるその店は、祖母に史花を紹介されたホテルの高層階にある。広い店内には景色をゆったりと堪能しながら飲めるソファ席もあり、何組ものカップルが肩を寄せ合いグラスを傾けている。

腕時計を確認し、優成はため息をひとつ漏らした。約束の時間はとっくに過ぎているが、待ち合わせた相手はまだ来ない。スマートフォンを確認してみても、遅れそうだといったメッセージすら届いていなかった。

あと一杯飲み終えても来ないようなら帰ろう。

夜景をつまみに三杯目を注文したときだった。

「ごめん、お待たせー」

落ち着いた雰囲気に不釣り合いな声が背後から響く。待ち人である優成の姉、名都《なつ》の登場だ。三歳離れた彼女とは父親が違う。

「いったいどれだけ待たせるつもりだ」

腕時計を指し示し、優成は不満を露わにした。

約束の時間を一時間半も過ぎている。

「だから謝ってるでしょう？　仕事の電話が入っちゃったんだもの、仕方がないじゃない」

ウェーブがかかった栗色の長い髪をかき上げ、名都は深い赤色の唇を尖らせた。

目が大きく派手な顔立ちは母親譲り。ついでに言うと恋愛体質も母の遺伝子だ。

そもそも仕事だろうと休みだろうと、名都は遅刻の常習犯である。

真面目な史花では絶対にありえない。

「遅れるなら遅れるとメールなりなんなり送ったらどうだ」

「そんなの送っていたらもっと遅くなるもの。猛ダッシュでここまで来たんだから許してよ」

アメリカのアパレル会社に勤める彼女は、仕事のためいったん帰国したところである。日本のファッションブランドと提携するらしく、社長に随行したのだとか。

「私はキールロワイヤルで」

バーテンダーに注文を済ませ、名都は肩から提げていた大きなバッグを隣の席に置いた。

「会うのは半年ぶりかしら？」

「そうだな」

祖母の喜乃と三人で食事をしたのが最後だ。結婚の報告も電話だけで済ませたが、久しぶりに会って飲もうと連絡が入った。

「まずは優成の結婚を祝して乾杯ね」

カウンターに置かれたキールロワイヤルのグラスを手に取る。

優成は三杯目のジントニックを持ち上げた。

「おめでとう」

「ありがとう」

グラスを傾け合い、口をつける。

「今夜、奥さんは？　家にひとりにして平気？」

「誘ったのはねえさんだろ？」

「あ、そっか。そうだったわね」

名都がペロッと舌を出す。

「今夜は夜勤だから、彼女は仕事」

史花は今日まで夜勤である。

「じゃあ、ゆっくり飲めるわね。それにしても優成が結婚とはね。一生しないのかと思ってた」

「俺もそう思ってた」

「でしょう？　悪いお手本が身近にふたりもいればね」

名都も離婚経験者である。まだ一度だから母からすれば経験は浅いか。現在は再婚に向け、絶賛婚活中らしい。懲りないというか、めげないというか。強い精神力は母譲りといっていいだろう。

「で、どういう心境の変化？」

名都はグラスを片手に優成の顔を覗き込んだ。

「おばあちゃんにお膳立てされて」

「なるほど。あなた、昔からおばあちゃん子だったものね。おばあちゃん孝行ってわけね」

子どもそっちのけで自分の恋愛に大忙しの母を持てば、それも無理はない。両親の離婚後、優成は祖母に育てられたも同然だ。

「それで、どんな女性なの？　かわいい？　美人？　髪は長い？　短い？」

「そんな次から次へと質問するなよ」

ひとつ質問するたびに顔を近づけ、名都は興味津々だ。

「だって女嫌いの優成が結婚したんだもの、気になるじゃない。写真ないの？」

「ない。強いて言えば、ねえさんや母さんとは真逆の女性だよ。遅刻とか絶対にしないタイプ」

「あら、棘《とげ》のある言い方ね」

名都が顔をしかめる。

「でもそれは賢明な選択かもしれないわ。私やお母さんは結婚に向いてないもの」

「それなのにまだ婚活を？」

「もしかしたら相手次第で変われるかもしれないっていう期待よ。優成だってそうでしょう？」

言われてみればそうだ。祖母を安心させられるのと女性除けになるのは第一だが、史花みたいな女性とならうまくいくかもしれないと考えた側面ならある。

「実際に結婚してみてどう？」

「どうって言われても」

「結婚してよかった？　それともしなければよかった？」

二択を提示され、ふと考える。

不思議なことに優成は、あれほどあった女性に対する嫌悪を史花に対してまったく感じていない。それどころか最近は居心地のよさを感じている。

名字が同じだけで独身時代と変わらず過ごしていこうと考えていた優成にとって、それは想定外のことだった。

何事に対しても真面目でありながら優成を退屈させまいと会話になりそうなネタを仕込むサービス精神や——それは過去のトラウマが原因らしいが、本物の夫婦になろうと努力する健気な姿は優成の頑なな心をくすぐって止まないのだ。

メモを優成に見られたときに見せた恥ずかしそうな顔や、初めてのデートで手を繋ごうとしたときのはにかんだ笑顔を思い出し、つい頬が綻ぶ。

「ニヤニヤしちゃって、なにを思い出してたの？」

名都にジト目で指摘され、ハッとした。慌てて表情を引きしめて取り繕う。

「べつになにも」

「それが答えね」

「え？」

「結婚してよかったってことでしょ」

含みを持たせたように微笑みながら、名都がグラスを傾ける。

「どうかな」

優成たちは、まだ本物の夫婦とは言えない。発展途上にある関係だ。

少なくとも良好な関係性は築いているとは思っているが……。

「とぼけちゃって」

肘で小突かれた。

「幸せなんじゃない？　女は全員敵って感じのトゲトゲした目つきは優しくなったし」

「俺、そんな目してた？」

「してた。こんな感じにね」

名都が人差し指で自分の目尻を横に引っ張ってみせる。

「それ、ただ細目にしてるだけじゃないか」

「違うわよ。とにかくこんな目だったの。それが今は穏やかだもの。幸せな証拠。よかったね、優成」

名都は「おめでとう」と二度目の乾杯をねだった。

グラスを名都と傾け合い、口をつける。

（幸せな証拠か……）

無意識に顔を綻ばせながら、優成はグラスを一気に空にした。

優成の八月最初のフライトは、熊本《くまもと》発羽田行きの便だった。気象条件を満たしていたため、操縦はコーパイの赤池が担当。彼と一緒になるのは今回で二度目になる。優成は管制との通信やモニターを担当していた。

二日前に姉の名都と久しぶりに飲んだ夜、優成は思いのほか楽しい時間を過ごした。酒が進むにつれ結婚とはなんたるかを名都が饒舌《じょうぜつ》に語りはじめたときには、『一度結婚に失敗した人間が俺に説くのか？』と、つい本音を漏らしてしまったが。

父親が違うと知ったときにはショックを受けたものの、大人になってからも良好な関係を続けていられるのは、ひとえに姉のさばけた性格のおかげだろう。幼いときからよく面倒をみてくれる姉でもあった。

『記念日は大切にしてあげなさいよ。私なんて誕生日も結婚記念日も忘れられちゃってね。そりゃあ、ほかの男に走りたくもなるでしょう？』

愚痴交じりになってきたため、カクテルをさり気なくノンアルコールに切り替えた。

機体は順調に航行し、羽田まであと十分ほど。駿河《するが》湾や富士山が機体の左前方に現れた。コックピットから眺める日本最高峰の富士山は言うまでもなく美しく、雄大な姿を優成たちに見せつける。

「定刻通りに着陸できそうだな。ここまでスムーズだったが最後まで気を抜かないように」

景色を横目に操縦桿を握る赤池にアドバイスする。

「はい。だけどやっぱり離発着は緊張しますね」

「心配するな。俺も未だに緊張する」

これは赤池を安心させるためのリップサービスではない。

「えっ!? 津城さんレベルでも緊張するんですか？」

「もちろん。俺は着陸よりも離陸のほうが気を使う」

「あぁ、なんとなくわかる気がします」

赤池は小刻みに何度も頷いた。

おそらく着陸時と離陸時の速度の違いのせいだろう。鳥が翼を大きく広げて空から地上にふわりと舞い降りるときのように、飛行機も着陸時にはスピードを落としながら滑走路にアプローチする。離陸時にはそれとは反対に、エンジンを全開にし、フルパワーで加速しなければならない。

機体重量や風速などフライトの条件にもよるが、航空機が離陸するときの速度は時速三五〇キロにもなり、着陸時とは一〇〇キロ近く違う。その分、緊張が高まるからだろう。

それは何度経験しても同じだ。

「とにかく安全な着陸に向けて気を引きしめていきます」

赤池は顎を引いて前方を見た。

いっぽう優成は、機体がまもなく相模湾《さがみ》に差しかかるため管制塔とのコンタクトを開始する。

「Tokyo control, OAL520, Request descend and maintain flight level 310（東京コントロール、オーシャンエアライン５２０便です。フライトレベル 31,000 フィートへの降下をリクエストします）」

「OAL520, descend and maintain flight level 310（オーシャンエアライン５２０便、フライトレベル 31,000 フィートへの降下を許可します）」

「Descend and maintain flight level 310, OAL520（フライトレベル 31,000 フィートへの降下の許可、了解しました）」

相模湾上空を飛行し、房総《ぼうそう》半島付近にいったんアプローチ。正面に館山《たてやま》市街地が見えはじめた。

左に大きく旋回し羽田空港に機首を向ける。順調に降下してきた機体は、いよいよ着陸態勢に入っていく。管制官の指示に従い、B滑走路を目前に捉えた。

みるみるうちに地面が近づき、機体に軽い衝撃が走る。ブレーキ音を響かせながらスピードを落とし、誘導路を通って滑走路から離れた。

空港の建物が目に入ると、優成の脳裏にふと史花の顔が浮かんだ。

(今日は日勤だと言っていたから、あとでフライトコントロールセンターに顔を出してみるか)

自然とそんな考えに至った自分が、不意にわからなくなった。いや、混乱したと言うほうが正しい。

わざわざ自分から女性に会いに出向くなど、これまでなかった。円満な夫婦、本物の夫婦を目指してはいるが、マニュアルに沿って実行してきたようなもの。

ふたり揃っての食事もメールや電話のやり取りも、初デートもそう。気持ちはさておき、フライトのように決めた道筋に従ってきただけ。

それが今、優成はごく普通に史花の顔を見に行こうと考えた。

(しかも会いたいって思った？　……いや、夫婦が板についてきただけだ)

数秒前の心の動きを思い返して、首を横にひと振りする。そうだそうに違いないと考えにふたをした。

「津城さん、ありがとうございました」

「お疲れ様。見事なランディングだったな」

「いやぁ、そうですか？　ありがとうございます」

コックピットをあとにし、赤池と並んで歩きながらオフィスを目指す。

「そういえば前にご一緒したときも思ったんですけど、結婚指輪は着けない主義ですか？」

不意に聞かれ、自分の左手を見た。たしかにそこに赤池の言うものはない。

「いや、そういうわけじゃないけど」

結婚することだけに意識が向き、指輪にまで気が回らなかった。今、赤池に言われて初めて気づくという鈍さに自分で驚く。

「奥さんに着けてほしいって言われませんか？　津城さん、女性人気が高いから女除けにもなるし」

「……彼女も着けてない」

というか、作ってもいないが。

「ええっ!?　そうなんですか？　女の人ってそういうの大事にするし、欲しがるじゃないですか」

「そうなのか？」

「そうなのかって！　奥さんからなにも言われないんですか？」

「なにも」

驚きで目を真ん丸にしながら尋ねる赤池に頷く。史花から指輪に関する話はなにひとつない。これまで気にしている素振りもまったくなかった。が――。

（もしかしたら史花は欲しいと思っているのか……？）

優成に言わないだけで、本音は違うのだろうか。

（いや、〝欲しい〟のではなく〝必要〟という観点ならありえるな）

真面目な彼女なら、本物の夫婦を目指すからこそ、結婚の象徴と言ってもいい指輪が必要だと考えていてもおかしくはない。気持ちの問題ではなく、夫婦のアイテムとして。

「まぁひと口に夫婦と言っても、それぞれですからね。でも記念日はちゃんと覚えてお祝いしないとダメですよ？　俺の友達は出会った記念日を忘れて、離婚の危機に陥りましたから」

「俺の姉も似たようなことを言ってたよ。実際に離婚したけどね」

「そうですか。やっぱり女性ってそういうのを大事にするんですね。俺も気をつけなくちゃ。じゃ、俺はコーヒーを買っていくのでここで失礼します。お疲れ様でした」

チェーンのコーヒーショップを指差す赤池と別れて、優成はひとりオフィスを目指した。

（記念日か。そういえば夫婦円満のコツにもそんなことが書かれていたな。間近で祝える記念日といったら……）

そんなことを考えながらオフィス内に入ったそのとき、背後から声をかけられた。足を止めて振り返る。

「津城さん、フライトお疲れ様でした」

環だった。これから出勤なのか、それとも退勤なのか、エレガントなワンピースの私服姿だ。

「お疲れ様」

挨拶だけ交わして足を進めると、彼女も隣を歩きはじめる。

「津城さん、このあと今日はどんなご予定ですか？」

肩が触れ合うほど近づいてきたため、それとなく距離を取る。なぜ彼女にスケジュールを話さなければならないのかと、つい眉根が寄った。

「もしもフリーでしたらランチをご一緒しませんか？　私、このあとオフなんです」

環が一般的に美しいとされる顔立ちをしているのはわかるが、全身から漂う度を越した自信が優成は苦手である。〝私の誘いに乗らない男はいない〟と自負しているのが見え見えだ。

「たとえフリーでもキミと食事をするつもりはない」

未完成の夫婦である優成と史花ではそれらしい雰囲気が足りないのだろうが、悪びれもせず妻帯者を誘う神経を疑いたくなる。なによりも嫌悪を覚えるのはその点である。いったいどういうつもりなのか。

「そんなに冷たくしないでください」

「優しくする筋合いはないし、キミには興味もまったくない」

ここまで素っ気なくされてもめげない精神力はどこからくるのだろう。父親がオーシャンエアラインの取締役であるという後ろ盾がそうさせるのか。

環のような人間と接すると、余計に女嫌いが発動して虫唾《むしず》が走る。

「ああ、それから、誰に聞いたのか知らないが、俺の携帯に電話をかけてくるのもやめてくれ」

見知らぬ番号からの着信に一度は出たが、それが環だとわかってからは無視を決め込んでいた。

「忙しいから失礼する」

足を速め、環を置き去りにする。しかし角を曲がればオフィスが見えるというところで男女の会話が聞こえてきた。史花と白石だ。

「もしかして俺を誘ってる？」

「いえっ、そんなつもりじゃなくて……」

「いっそ俺にしちゃえば？」

咄嗟に足を止めた優成の耳に、とんでもない会話が飛び込んでくる。

いったいどういうつもりなのか。白石は、優成と一緒にいるのをやめて自分にしろと言っているのか。

気づいたとき、優成はその角を曲がっていた。頭で命じたのではなく、足が勝手に動いた感覚だった。

背後で環が優成を呼び止める声がしたが、そんなものに構う心のゆとりはない。どういうわけか、なぜなのか、無性に腹立たしかった。

史花に触れようとして伸ばした白石の手を払い落とす。

「優成さん」

驚きで目を丸くした史花が優成を見上げる。自分でも驚くくらい仏頂面をしているのはわかるが、その解し方はわからない。

どことなく余裕のある顔をしている白石が、妙に優成の癪《しゃく》に障る。自分の表情とのギャップも不愉快だ。

「今の言葉、どういう意味か聞かせてくれ」

「はい？」

白石は史花をちらっと見てから優成に目線を戻した。

「俺にしちゃえばってやつだ」

「べつに深い意味はありませんよ。史花ちゃんが可哀想だから元気づけてただけです。っていうか、興味ありありじゃん」

「〝史花ちゃん〟？」

なぜだろう。とてつもなく胸糞悪い。

史花をちゃんづけで呼ばれただけで、どうしてこうも腹が立つのか。形だけとはいえ自分の妻だからなのか。不可解な感情の起伏に困惑する。

（しかも可哀想だからってなんだ）

史花は一触即発の事態にオロオロするばかり。胸の前で手を組み、どうしていいかわからないといった様子だ。

「あ、すみません、つい」

さすがにまずいと思ったか、白石はおどけたように肩を上げ下げして頭を掻いた。

「津城さんでも嫉妬ってするんですね」

「嫉妬？」

眉間に皺を寄せて聞き返す。

(俺がヤキモチを？　いやいや、そんなわけないだろ)

自問自答して否定する。

「やだな、惚《とぼ》けないでくださいよ。でも、うかうかしてたら、俺ほんとに史花ちゃんを奪っちゃいますよ～？」

一度ならず二度までも史花をちゃんづけし、ふざけながら煽《あお》る。

「白石さんとのほうがお似合いかも！」

いつの間に来たのか、環が口を挟んだ。

白石と環を順番に一瞥する。自分でも驚くほど冷ややかな目だ。挑発に乗るのは愚かだと思ういっぽうで、言われたままではいられなかった。

「残念だが、そんなことをさせるつもりはない」

左手で引き寄せた史花を背に白石の前に立ちはだかり、彼を睨《にら》みつける。どうしてこんなにも熱くなるのか。

(嘘だろ。まさか俺は――)

信じられない感情が沸々と湧いてくる。いや、違うと否定すればするほど反発するように大きくなり、制御も利かずに胸の奥からせり上がってきた。

「史花は俺だけのものだ」

そう口にしてはっきりと自覚する。

(俺は史花が好きなんだ)

遠慮のない白石にことごとく苛立ったのは、そういうわけだったのか。

妙に納得するいっぽうで、初めて抱く感情に狼狽《うろた》える。恋心は認めるが、それをどう扱ったらいいのかわからない。

三十路をとっくに過ぎた男が、なんて無様なのか。

優成がそんな独占めいた言葉を吐いたのが意外だったのか、白石も環も面食らっているようだった。

「だってさ」

白石は史花に向かって言い、眉を上げ下げしてから優成たちに背を向ける。

「あ～あ、やってらんないね」

大きく伸びをしながら遠ざかっていく白石とは反対方向に、環はわざとらしくヒールの音を響かせながら立ち去っていった。

「あ、あの、今、帰ってきたところですよね。おかえりなさい」

「ただいま」

振り返って答えたものの咄嗟に言葉が続かず、沈黙が舞い降りる。史花がネタを仕込んだメモを携帯していた気持ちが、今よくわかった。

史花との沈黙は苦痛ではないが、気持ちを自覚した動揺を引きずっているせいだ。なにしろ優成は女嫌いだったのだから。恋愛感情とは無縁で生きてきた。

（それをこんなところで自覚させられるとは……）

史花もなにを話したらいいのかわからない様子で、目をあちこちに泳がせている。優成が『史花は俺だけのものだ』と言った余波だろう。意味を測りかねているに違いない。

「史花」

「は、はいっ」

名前を呼んだ途端、背筋をピンと伸ばす彼女の仕草に思わず笑みが零れる。おかげで気持ちが解れた。

「俺は――」

このまま好きだと打ち明けようと開きかけた口を、一瞬の間のあと、静かに閉じる。人生で初めて抱いた感情に混乱し、頭の整理がついていない。いったん心を落ち着けようとブレーキをかけた。

「今度、休みに付き合ってほしいところがある」

「はい。どこへでもお供します。……ってなんかおかしな言い方ですね。どこへでも連れていってください」

律義に言いなおし、史花は笑みを浮かべた。

重なるランウェイ

『史花は俺だけのものだ』

優成の言葉は二日経った今も、史花の心をかき乱している。好きの感情は優成の負担になるとわかっているから自制したいのに、その言葉が邪魔をするのだ。

（もしかしたら白石さんが言っていたように嫉妬で発したものなのかな。……ううん、違う違う。女嫌いの優成さんがそんな感情を抱くはずがないじゃない）

フライトコントロールセンター近くのレストルームに向かいながら、史花の心は行ったり来たりを繰り返していた。

あのとき史花は、優成が環と親しげに話しているのを遠目に見て、思わず足を止めた。

結婚しても諦めず果敢にアタックする彼女に、いつか優成も心を動かされるのではないか。そう考えて怖くなったのだ。華やかな職業に就く者同士、話は合うだろうし、なにより美男美女でお似合いだ。

マイナス思考に陥りそうになったそのとき、〝すべてを受け入れる〟といういい妻になるコツを思い出した。

(優成さんがモテるのはわかっていたじゃない。今さらなにを悩んでるの)

自分に言い聞かせて気持ちを切り替えようと試みる。

(だけど……)

頭と心は裏腹で連動してくれない。思うようにコントロールできずにいると、白石が通りかかった。

『モテる旦那を持つと大変だね。気晴らしにご飯でも行く？』

彼は史花の視線の先にいるふたりに気づき、軽い調子で誘ってきた。

ところがそんな誘い文句は史花の耳を素通り。近い距離で話し続ける優成と環から目が離せない。

『どうしたら異性に興味を持ってもらえますか？』

いつの間にか、そう口走っていた。

優成への気持ちに気づいてから、史花は欲張りになった。夫婦円満のコツのひとつにある〝期待しすぎない、妥協する〟をうまく実践できないのだ。

環と話している場面を見ただけで胸が苦しくてたまらない。好きなら当然の感情かもしれないが、円満な夫婦から遠ざかっているようで焦ってしまう。

『もしかして俺を誘ってる？』

白石に言われてハッとする。

『いえっ、そんなつもりじゃなくて……』

『いっそ俺にしちゃえば？』

白石がなんの気なしに言ったであろう言葉を聞いていた優成が、そこで史花たちの間に割り込んできた。

そのあとの展開に史花は戸惑うばかりで……。

（本当にヤキモチならうれしいけど、絶対に違う。表向きは妻だから見過ごせなかっただけ。私が白石さんと妙な噂を立てられたら、優成さんも困るから）

夫婦に見せる演技のひとつにすぎない。

自分なりの結論を見つけた史花は、レストルームのドアを開けようとした手を止めた。中から優成を話題にする声が聞こえたのだ。

小早川という環の名前まで出たため、その場で息をひそめ耳を澄ませた。

「津城さんと小早川さんが？」

「うん。ステイ先のホテルでふたりきりで仲良く食事してたって噂だよ。小早川さんが自慢げに話してたみたい」

「だけど津城さん、結婚したばかりなのに」

「小早川さんって、そういうの全然気にしないじゃない？」

優成への恋心を自覚した史花にとって、その会話は少なからずダメージだった。

（優成さん、小早川さんとホテルで食事したんだ……）

恋人がいようが既婚者だろうが、アプローチの手を緩めない環の押しの強さが怖い。容姿端麗な彼女に言い寄られ、いよいよその手に落ちそうになっているのではないか。

史花はそっとその場から離れた。

（やっぱり結婚相手は私じゃないほうがよかったのかも……。『史花は俺だけのものだ』って言ったのは、やっぱり白石さんから〝妻〟を引き離すためのパフォーマンスだったんだよね）

本物の夫婦に少しずつ近づいていると誤解し、好意やヤキモチを少しでも期待した自分が恥ずかしい。

優成への想いを自覚してからの史花は気持ちの上がり下がりが激しく、自分でも手に負えないでいる。彼の一挙手一投足で、幸せにも不幸せにも一瞬で切り替わるのだ。

史花は、二十七歳にして初めて恋のもどかしさを知った。

数日後、史花は全身を映す鏡の前に立ち、念入りに最終確認をしていた。

今日はこれから優成と出かける予定がある。食料品の買い出しなら何度も一緒に行っているが、改まって外出するのは鍾乳洞へ行ったきり。つまり二度目のデートなのだ。

ステイ先で環と仲良く食事をしていたという噂は、今も胸に引っかかったまま。優成に聞けずにいる。

形ばかりとはいえ妻の史花には問いただす権利があるのかもしれないが、面倒に思われて別れを切りだされる可能性があるためできずにいた。結婚相手は自分じゃないほうがよかったのかもしれないと思ったくせに、往生際が悪い。

夕食も外で済ませると聞いているため、今日は前回とは打って変わってワンピースを選んだ。

フレッシュなミモザイエローのロングワンピースは、アースカラーばかり着ていた以前の史花なら絶対に選ばない華やかさがある。どんなレストランでも大丈夫なように、薄手のジャケットも準備している。

子どもの頃以来のワンピースは、仕事帰りにこっそり買ってきた。店員に言われるまま、まるでファッションショーのようにあれこれ試着したのは気分転換になって意外と楽しかった。

「お待たせしました」

先に準備を終えていた優成が立ち上がる。ボタンダウンのギンガムチェックシャツにネイビーのスリムパンツが爽やかだ。

史花を見て、優成は目を瞬かせた。

(もしかして似合ってなかったかな……)

地味な自分から脱却しようと、ここ最近は今まで選ばなかったタイプの洋服でも着るようにしているが、それが裏目に出たのかもしれない。

優成が不自然に目を逸らしたのは、きっとそのせいだ。

(残念だけど仕方ないよね)

だからといって着替える時間はないし、申し訳ないけれど優成には目を瞑ってもらおう。なにより二度目のデートなのだから、不安材料は忘れて楽しみたい。

「行こうか」

「はい」

玄関に向かう彼を追う。史花が昨日ワンピースと一緒に買ったパンプスに履き替えようとしていると、背を向けたままの優成がぽつりと呟いた。

「似合ってる」

「……え？」

「そのワンピース」

振り向いた優成が微笑む。ドキッとするほど優しい笑顔だった。

「……よかった。似合ってないかもって思ったので」

「すぐに言葉が出なかっただけだ。……綺麗だよ」

どことなく照れの滲む言い方が心からの言葉に思えてうれしい。彼からそんな褒め言葉をもらえるとは思ってもいなかった。

「うれしい。ありがとうございます」

ありったけの笑顔で返してすぐ、優成は史花の手を取った。

いきなりのことに驚いているうちに玄関を出て歩きだす。史花の心臓はさっきからずっと早鐘を打っている。

「車じゃないんですか？」

優成の足は、地下駐車場ではなく一階のエントランスに向かっていた。外出はたいてい彼の車だ。

「今日はタクシーで行こう」

「そうなんですね」

どちらにしても優成とのデートがうれしいのは変わらない。

マンションの前に到着していたタクシーに乗り込むと、強烈な日差しが窓越しに射し込んだ。いつもなら〝暑い〟と口を突く恨み言は、優成に褒められ手を繋いだ喜びで吹き飛んでしまった。たとえその行為が、見た目だけ本物の夫婦になるための手段のひとつだとしても。


優成に案内されたのは想像もしない場所だった。

ハイブランドな店が軒を連ねる中、エレガントながらも威風堂々と壁に掲げられたＬｅ・Ｍｏｎａのロゴが眩しい。女性なら誰もが憧れるファッションブランドは、ジュエリーでも大人気だ。

ガラスドアの向こうに見える煌びやかな空間を前に立ち止まる。

「結婚指輪を買おうと思う」

「指輪を？　急にどうしたんですか？」

この三カ月、ふたりの間では一度もそんな話題は持ち上がっていない。

（今になってどうしたのかな）

「指輪は夫婦の絆の象徴だろう?」

「それはそうかもしれませんが」

「あ、今さらって思っただろ」

優成がいたずらっぽい目をして史花の顔を覗き込む。

今さらというのもあるが、優成は心の結びつきを求めているのではなく、やはり見た目重視なのだと感じたのだ。

でもそれを咎《とが》めるのはお門違いだろう。彼なりに夫婦らしくしようと考えてくれているのだから。心まで望むのは欲張りだ。

「本物の夫婦を目指すなら必要なアイテムだ。ほら、入ろう」

優成は史花の手を強引に引き、ドアを開けた。ガラス越しでも目映かった店内は、直《じか》に見るとそれ以上だ。

「いらっしゃいませ」

黒いスーツの店員が早速声をかけてきた。ジュエリーに負けない気品はCAにも通じるものがある。スカーフを巻けば、そのまま乗務員として飛行機に乗れそうだ。

「予約した津城です」

目を瞬かせて彼を見上げる。予約まで取っているとは知らなかった。

「津城様、お待ちしておりました。こちらへどうぞ」

店員が店内の一角にあるソファへ案内する。テーブルの上には小さなショーケースが置いてあり、いろいろなデザインの結婚指輪が飾られていた。

「どういったものがよろしいでしょうか」

「そうですね……」

なんと答えたらいいのか。質問されても困ってしまう。

史花は指輪をひとつも持っていない。なにがいいのかわからず、どれを見ても煌びやかで目移りするいっぽうなのだ。

「私どもの商品は、職人が一つひとつ手作業で仕上げた繊細かつ表情豊かなディテールが人気でございます。バリエーションも豊富ですし、洗練されたデザインはどれも胸を張ってお薦めできますよ。ご試着もできますので」

店員は白い手袋をはめて準備万端だ。

せっかく優成が指輪を買おうと言ってくれているのだから素直に応じようと、めいっぱい笑みを浮かべる。

「優成さんはどれがいいですか？」

「あまりゴテゴテしたものや華美すぎるものは避けたいかな」

「そうですね、私もです」

結婚指輪は普段も着けるもの。それならシンプルなほうがいい。

「それでは、このあたりの商品はいかがでしょうか」

店員がピックアップしてトレーに並べた指輪のひとつに、史花の目が留まる。

「これ、素敵ですね」

二本のリングが絡み合い、ひとつの指輪になったものを指差した。史花は見たことのないデザインだ。

女性物と思われる小ぶりのほうはプラチナとピンクゴールドが絡み合い、中央部分に小さなダイヤモンドが三つ並んでいる。男性物はどちらもプラチナで色味を合わせ、クールでスタイリッシュな印象だ。

「そちらはギメルリングと呼ばれるもので、ふたりがひとつの家族になることをイメージしたリングになります。あまり見ない形ですので新しいデザインと思われるかもしれませんが、その歴史は古代ローマ帝国まで遡《さかのぼ》るほど古いんです」

「そうなんですか」

ふたりでひとつ。まさに結婚指輪にぴったりだ。

「試着してみないか？」

言われて頷くと、優成はすかさずペアのうち小ぶりのほうを手に取った。

「手を貸して」

「えっ」

試着は自分でするものと思っていたため、優成に左手を取られて戸惑う。向かいに座る店員の前で唐突に〝儀式〟がはじまった。

(こんなことになるなら、ネイルのやり方を未希ちゃんに教わっておくんだった)

史花の爪は、なんの加工もしていないまっさらな状態。短く切り揃えられた爪は、清潔感はあるものの地味な印象だ。せめて透明なマニキュアくらいは塗っておくべきだった。

「綺麗な手だな」

「いえ、そんな」

褒められるなんて想定外だし、優成にじっと見られて気恥ずかしい。

ひとりで照れているうちに指輪がするすると嵌《は》められていく。サイズは少し大きいが、所定の位置で止まった。

ピンクゴールドの色味のせいか肌馴染みがよく、とてもおしゃれだ。手を上げて顔の前でかざすと、ダイヤモンドがきらりと輝いた。

(とっても素敵……。これがいいな)

ゲンキンなもので、実際に指輪を着けると気分が上向きになる。

史花が見惚れているうちに、優成は自分で自分の指に指輪を嵌めていた。

「すみません、私も着けてあげればよかった」

「それは完成したときの楽しみにとっておくよ」

優成がふわりと笑う。

(私との指輪の交換が楽しみなの……?)

いつになく幸せそうな笑顔に戸惑う。

「よく似合うじゃないか」

「……優成さんも」

向かいに座る店員が口元に笑みを浮かべて史花たちを見ていたため、ものすごく気恥ずかしい。

(でも、少しでも仲のいい夫婦に見えていたらうれしいな)

優成はほかの人と結婚したほうがよかったのかもしれない。史花の恋心は彼の重荷。見た目だけの仲良し夫婦を目指す優成との気持ちのすれ違い。それらの迷いが、指輪を着けたことで不思議と薄れていく。

たとえ今は史花の一方通行の恋だとしても、正真正銘の本物の夫婦に少しずつ近づいていきたい。そしていつか……。

(優成さんにも好きになってもらえたら……)

結婚指輪が史花に勇気を与える。

隣を見上げると同時に優成が史花を見たため、不意打ちで目が合った。

「これにしようか」

優しい笑みに「はい」と頷いた。

その後、史花たちはサイズを測り、刻印などの打合せをしてLe・Monaをあとにした。仕上がりまではおよそ一カ月かかるという。

(一カ月後には、あの指輪がここに収まるんだ……)

店の前でタクシーを待ちながら左手を眺める。

「なに、どうかした?」

「いざ着けるとなるとうれしいなと思って」

左手を見たまま答える。

「じつは俺も」

(優成さんもうれしいの?)

男の人はそういったものにこだわりはなく、むしろ縛りつけられている感覚を抱くものと思っていたが。史花たちの結婚の経緯や優成の女嫌いな面を考えると余計に。

「優成さんもそう思ってくれるなんて」

夫婦になるためのコミュニケーションの延長上にある言葉だと頭ではわかっていても、心は勝手に舞い上がる。

「でも、どうしていきなり結婚指輪を?」

本物の夫婦になるには必要なアイテムだと優成は言っていたけれど。

「同乗したコーパイに『結婚指輪は着けない主義ですか?』って言われて、そこで初めて〝あ、そうか〟とね」

「私も同僚に同じように言われました」

ふふっと笑う。優成と同じく、未希に言われて初めて気づいた。

「これでまたひとつ、本物の夫婦らしくなれるな」

「そうですね」

見た目から入るのも大事だ。優成の考えや想いは真摯に受け止めたい。

普通のカップルは時間をかけるのに、史花たちはひとっ飛びで結婚まで辿り着いてしまったため足りないものばかり。それらを一つひとつクリアしていけば、きっと史花の望む夫婦になれる。

　ポジティブ思考が大事だというネットの助言を思い出し、そう自分に言い聞かせた。

「来たよ」

　タクシーが目の前で停止する。後部座席の扉が開き、史花から先に乗り込んだ。

「今日はなんの日かわかる？」

　隣に座った優成に突然聞かれ、目をぱちくりとさせる。

「えっ、なんの日だろう」

（今日は八月七日……。どちらの誕生日でもないし）

　あれこれ考えるものの、これといったものは浮かばない。

「降参？」

「はい」

「結婚三カ月記念日」

　思わず言葉に詰まる。たしかにちょうど三カ月だが、優成がその日を意識しているとは思いもしなかった。

「記念日を大切にするのもコツだと書いてあっただろう？　ワインで乾杯しよう」

「……はい、ぜひ」

車を出さずにタクシーを使ったのは、そういうわけだったのだ。

これでコツをまたひとつクリア。思いがけないサプライズは史花の胸を容易く高鳴らせた。

タクシーが到着したのは史花でも聞いたことのある、有名なフレンチレストラン『クールブロン』だった。

テラコッタカラーの壁にはアンティークレンガがアクセントで配置され、真っ青なドアが人目を引く。美しい外観はおしゃれな街、自由《じゆう》が丘《おか》の景色に見事に溶け込んでいた。

優成に手を取られ、タクシーから降り立つ。腰に手を添えられた瞬間、つい体をビクッとさせてしまった。さり気ないエスコートをする優成の自然体と比べると恥ずかしい。

ドアを開けると、すぐに黒い蝶ネクタイの男性店員が出迎えた。

「予約した津城です」

「お待ちしておりました。ご案内いたします」

店員は前で揃えていた手を左のほうへ向けた。彼のあとを優成と並んで歩いていく。

壁全体にエイジング加工が施された店内は、木目調のテーブルにビビッドなブルーの椅子が目にも鮮やか。格式高い店というよりは、女性たちが好むおしゃれでハイセンスな店である。ＳＮＳ映えも抜群に違いない。

「こちらでございます」

史花たちが案内されたのは個室だった。

窓の外には小さいながらも庭があり、青々とした木々や涼しげな白い花を咲かせるクチナシが見える。窓辺に配されたテーブルに優成と向かい合って座った。

「アペリティフはなににいたしましょうか」

「シャンパンをお願いします」

「かしこまりました」

恭しく、でも決して嫌味ではない立ち居振る舞いで店員が去る。

「料理は俺のほうで事前に頼んであるけど、なにかリクエストがあれば」

「いえ、特にありません。注文をしてくださって助かります。こういうお店に来るのは初めてなので」

正直に打ち明けた。いくらカッコつけたところでボロはすぐに出るから、プライドなんてないほうがいい。

「今まで恋人は？」

「大学生のときに一度だけいましたけど、学生同士だったのでファミレスやファストフードでしたから」

学食で食べるほうが多かったかもしれない。今思えば、恋人らしいデートもした記憶がない。深い関係にもならず、一カ月で別れた相手を元彼と呼んでいいのかさえ怪しいものだ。

「失礼いたします」

先ほどの店員がシャンパンを運んできた。ロゼだ。揃ってグラスを手に取る。

「結婚三カ月を祝して」

「乾杯」

優成の言葉を史花が続け、グラスを少し高く持ち上げる。口をつけるとフルーティーな香りがいっぱいに広がり、鼻から抜けていった。

「元彼はどんな男だった？」

「えっ？」

急に聞かれて声が上ずる。

「えぇっと……同級生で、私と違って、いつも大勢の友人に囲まれている人でした」

「別れた理由は？」

「……一緒にいてもつまらないと振られたんです。たしかにそうだよなぁって妙に納得でした」

「もしかして、この前言っていたメモのトラウマの原因を作った男？」

「あ、はい」

真面目だけが取り柄では、恋人として物足りなくて当然。そのうえ体の関係を拒めば、振られてあたり前だ。

「なので、一生結婚は無理だろうなって諦めていたんです」

だからこうして優成と夫婦になって、三カ月目のお祝いをしている自分がうれしい反面、未だに信じられない。

「俺は、史花といて楽しいけど」

「ありがとうございます」

妻に対する気遣いだとわかっている。優成の優しさだ。

本物の夫婦になりたいという史花の要望に付き合ってくれているのもそう。

「信じてないだろ」

図星を突かれ、口に含んだばかりのシャンパンをゴクリと飲み込む。

「史花もそう思ってくれてるといいけど」

「お、思ってます。た、楽しいです」

おかしいくらいに言葉に詰まりながら返した。

「なんか無理やり言わせたみたいだな」

「本当です」

自嘲して笑う優成に必死に訴える。

決して嘘ではない。優成が本心から言っているように聞こえて動揺しただけだ。それを隠そうと、残りのシャンパンを飲み干す。

「優成さんのお話も聞かせてください。モテたでしょうから、きっとたくさんありますよね」

これ以上突っ込まれたくないため話を切り替えた。

本音を言えば、聞きたいような聞きたくないような複雑な心境だ。

「俺は今まで誰かを本気で好きになったことはないから」

「……そうなんですか？」

(女性が嫌いなのは知ってるけど、誰も好きにならなかったなんて)

母親の影響の強さを改めて思い知る。

もしも将来、自分に子どもができたら、優成のような辛《つら》い思いだけはさせたくない。もちろん彼の母親にも史花には知り得ない事情はあったのだろうが。

「今はもう過去形だけどね」

「過去形？」

「本気で好きになったことはなかった」

真っすぐに史花を見つめる優成の目は、優しいのに真剣なため鼓動が乱れる。

（それはどういう意味……？　今は本気で好きな人がいるってこと？）

言葉を深読みして困惑する。

（……もしかして私？　のわけないよね。だとしたら小早川さん？）

レストルームで立ち聞きした話が脳裏をかすめる。喉に渇きを覚え、グラスを手に取ったら空だった。

慌てて戻す史花を見て、優成がふっと笑みを零す。

「お待たせいたしました。カニのエフィロシェとセロリ、カリフラワーのムースリーヌ添えです」

運ばれてきたオードブルの艶やかさに目を瞠る。まるで美しい絵画のよう。

ちょうどよく間が持って助かった。

「お飲み物をお持ちしましょうか」

空のグラスに気づいた店員が尋ねる。

「はい、お願いします」

考えるまでもなく史花が即答すると、優成は「白ワインを」と続けた。

「早速いただこう」

彼に頷き、ナイフとフォークを手にする。美しいオードブルの形を崩すのは心苦しいけれど、カニの香りが食欲をそそる。

そっとナイフを入れて切り分け、口に運んだ。

「おいしい」

カニのほぐし身とキャビアの塩味が絶妙のバランス。文句なしの味わいである。

「史花に喜んでもらえてよかった」

優成は満足げに口角を上げた。

その言葉と笑顔に鼓動が乱れる。優成が、この結婚を後悔しているようには見えないせいだ。夫婦らしく見せるための演技だとしたら、優成は相当な名優と言える。

店員が注いだワインでもう一度乾杯し、揃ってグラスを傾ける。料理もワインも期待以上なのは、お店の雰囲気のよさのせいもあるだろう。自宅での食事とは違うムードだから。

そんな中、史花に対する言動も今日は一段と優しいから、優成の言動を意味深に受け取ってしまうのかもしれない。

さっきの〝過去形〟の話もそう。もしかしたら自分を好きになってくれたのかもしれないと一瞬でも勘違いしてしまうのだ。それは史花の一方的な願望にすぎないのに、真夏に現れる蜃気楼《しんきろう》のように史花を惑わせる。

(本当にそうだったらいいのに。ううん、そうなるように努力しなくちゃ。そう決めたじゃない)

もっと彼を楽しませたい。でもそれにはどうしたらいいだろう。

悩み、考えながら、無意識に何度もワイングラスに手が伸びる。おかげでメイン料理が運ばれてきたときには、体がふわふわとしていた。まるで綿菓子の上に座っているよう。

「鴨の胸肉のロティでございます。リンゴのキャラメリゼとスパイスと一緒にお楽しみくださいませ」

彩も鮮やかな肉料理がサーブされた。これもまた、食べるのがもったいないくらいの素敵な盛りつけだ。

「わぁ、かわいい」

思わず拍手を送りたくなり、音を立てずに手を叩いた。お酒が史花のテンションを高くする。心なしか顔が火照っているから、きっと頬は赤いに違いない。

「おいしそうですね、優成さん」

「ああ」

「写真撮っておこうかな。あ、でもSNSとかやってないから……」

バッグからスマートフォンを取り出そうとしてやめる。

「よろしかったら、おふたりのお写真をお撮りしましょうか」

店員に言われ、優成を見る。

「撮ってもらいませんか？」

小首を傾げて問いかけると、優成はふっと笑って頷いた。

「お願いします」

優成は店員にスマートフォンを差し出しつつ、史花の隣の椅子に移動してきた。

彼に肩を引き寄せられたため、つい体が強張る。密着した左半身が、急に熱を持った気がした。

「それではいきますね」

カウントダウンでシャッターが押され、スマートフォンは優成の手元に戻った。

「では、どうぞごゆっくり」

店員が去り、優成は自分の席に戻りつつ写真を確認する。

「どうですか？　私、ちゃんと目開いてますか？」

「ああ。大丈夫。かわいく撮れてる」

（か、かわいいって……！）

即答されて顔がさらに熱くなる。

「ほら」

優成に見せられた写真は照れくさくてよく確認できず、グラスを手に取り口をつける。これはいったい何杯目だろう。それすら数えられなくなってきた。

「あの、あとで私にも送ってもらえますか？」

「もちろん。今送るよ」

優成がスマートフォンを操作してすぐ、史花のバッグの中でメッセージの着信音が小さく鳴った。

あとで確認しようと思ったが、優成が〝今見ないの？〟という目を向けてきたため手を伸ばしてスマートフォンを取り出す。記念すべきふたりの初めてのツーショット写真には、予想通り頬が赤く染まった史花と、爽やかな笑みを浮かべる優成が写っていた。

「いい写真だろう?」

「はい」

(優成さん、とっても素敵……)

実物が目の前にいるにもかかわらず、写真の中の彼に見惚れる。いつまでも眺めていたいくらいにカッコいい。

(本物の優成さん相手だと、じっと見つめられないものね)

写真ならいくらでも見ていられる。

「食べようか」

彼の言葉に頷き、ナイフとフォークを持つ。口に運んだ鴨のロティは、フランボワーズソースの爽やかな酸味と甘みが魅惑の逸品だった。

デザートまで堪能し、史花たちは再びタクシーに乗り込んだ。

普段はあまりお酒を飲まないくせにメイン料理のあともワインを飲み続けたせいで、

体が熱いうえに浮いているみたいにふわふわする。ついでに頭もぼんやりだ。

「優成さんと手を繋ぎたい」

自分でも大胆だなと思いながら、囁き声で素直に要望を伝える。お酒のせいにして今ならなんでも言える気がしたし、なにを言っても許される気がした。

甘えたくなるのも酔ったせいなのか。無性に優成に触れたい。妙な噂を聞いたせいもあるだろう。妻のポジションは誰にも譲りたくないという、今までにない強い想いがそうさせるのかもしれない。

焦点の定まらない目で見つめると、優成は一瞬フリーズした。

「やばいな」

ぼそっと呟いた彼の声を耳が拾う。

(酔っぱらいって思われたかも……)

これでは好かれるどころか嫌われると慌てたが、アルコールの回った体は言うことを聞いてくれない。そんな状況なのに瞼は重く、開いているのがつらくなってきた。

(どうしよう、こんなときに眠くなるなんて)

頭が前にかくんと倒れそうになったそのとき、優成が史花の肩を引き寄せる。それに抗うことなく彼に体を預けた。

優成のもう片方の手が史花の右手を取り、指を絡ませる。

「俺もそうしたいと思ったよ」

薄らとある意識が優成の言葉を聞きつけた。それも信じられないような言葉だ。

(優成さんも私と手を繋ぎたかったの？　本当に？)

それともそれはアルコールによる幻聴なのか。

「史花」

とても優しい声色で名前を呼ばれ、頭頂部に彼の唇を感じた次の瞬間、史花の意識は途切れた。

＊＊＊

誰かを好きになることなど、一生ないと思っていた。

自分の経験を棚に上げ、史花の昔の男に苛立つほど嫉妬深いと知ったのも初めてだ。

優成は史花の髪にキスを落とし、小さく「好きだよ」と囁いた。初めての愛の告白は、酔って寝入ってしまった史花の耳には届いていないようだが。

酒に酔った史花の言動に、今夜の優成は翻弄されどおし。手を繋ぎたいというかわいいおねだりも、とろんとした眼差しも、優成の心をかき乱すには十分すぎるのだ。

普段の彼女が生真面目だからこそ、そのギャップが大きいのだろう。

自宅マンションに到着し、すっかり眠っている史花をタクシーから抱きかかえて降ろした。

# 恋のクリアランス

史花は夢を見ていた。ゆらゆらと心地のいい揺れと温もりに包まれている夢だった。髪にやわらかな唇が触れ、誰かが『好きだよ』と囁く声が聞こえる。

誰だろうと夢の中で目を凝らそうとするのに、瞼が重くて開かない。とても好きな声だった。

逞《たくま》しい腕に抱かれているような、やわらかい真綿で包まれているような、夢と現《うつつ》の狭間で意識が漂う。どっちつかずの気持ちよさに身を預けていたが、不意に鮮烈な記憶が頭をかすめた。

『優成さんと手を繋ぎたい』

ハッとして目を開ける。自分の部屋だった。それもベッドに寝ている。

(あれ？　どうして？　優成さんと結婚三カ月のお祝いでワインを飲んで、フレンチ料理を楽しんで……タクシーに乗ったけど、そのあとは……？)

どうやってここまで来たのだろうか。カーテンの隙間から光が射し込んでいた。

ワインを飲みすぎた自覚はあるが、消失している記憶を必死に手繰り寄せても思い出せない。その割に頭痛はなく、ただ頭が白く霞んでいるだけ。

ゆっくり体を起こし、自分がしっかりパジャマを着ていることに気づいた。それも、喜乃がプレゼントしてくれたお揃いのパジャマだ。真新しい匂いがする。

（メイクは？）

姿見の大きな鏡に映った顔を確認すると、きちんと落としている。シャワーも浴びたらしく、髪や体に不快感はなかった。

酔っぱらっていながらもお風呂は入ったみたいだ。

（優成さんは？　絶対に迷惑をかけてる……！）

一番大事なことを思い出して急いで起き上がる。さすがに目眩《めまい》がしたが、なんとかやり過ごして部屋を出る。

「とりあえず顔を洗って歯を磨こう」

彼に謝るのはそのあとがいい。まだ少しふらつく足でパウダールームに向かい、身だしなみを整える。鏡に映った顔は心なしかむくんでいた。

「ちょっと飲みすぎたよね。……ううん、ちょっとどころじゃない。優成さんに嫌われていたらどうしよう」

酔っぱらいほど見苦しいものはないだろう。

髪を梳《と》かしながらぶつぶつひとり言を呟いていると――。

「嫌いになってないから心配するな」

お揃いのパジャマを着た優成が現れた。

「ゆ、優成さん……！　昨日の夜はごめんなさい！」

ブラシを置き、彼のほうを向いて腰を直角に折り曲げる。勢いよく頭を下げたせいで頭がくらっとした。

「史花があんなにお酒を飲めるとは思わなかった」

「……やっぱりたくさん飲んでましたよね」

笑い交じりの優成の声に、恐る恐る顔を上げる。せっかくの記念日を台無しにしてしまった。

「かなりね。気持ち悪かったり頭が痛かったりは？」

優成が史花の顔を覗き込む。その距離、わずか二十センチ足らず。

「だ、大丈夫です」

優成が史花との距離をぐっと縮め、腰を屈めて顔を覗き込んできたため、あまりの近さに目を泳がせながら俯《うつむ》く。

この距離は本当にいろいろとまずい。なにしろ起きたてでノーメイクだし、鼻先が今にも触れそうな近さだ。

「あの、昨夜《ゆうべ》私、お風呂とか歯磨きとか着替えとか、いろいろとどうしたんでしょう」

「シャワーなら俺が」

「えっ!?」

声がひっくり返った。

「というのは冗談。そのままベッドに寝かせようとしたら、シャワーも歯磨きも絶対にやると言って聞かなくてね。自分でやってたよ」

「そうですか……」

ほっとして胸を撫で下ろす。風邪をひこうが発熱しようが、史花はお風呂を絶対に欠かさない。インフルエンザで高熱が出たときにはさすがに母に止められたため、夜中にこっそりシャワーを浴びたくらいだ。

「危なっかしいからパウダールームの外でずっと待機してたけど」

「……本当にごめんなさい」

「今夜はそのパジャマを一緒に着たいってクローゼットから出したのも史花だ」

言われてハッとした。

（それならなんとなく覚えてる気が……）

おぼつかない足でクローゼットを開ける記憶が蘇る。いろいろと情けないし恥ずかしい。肩を丸めて縮こまった。

「史花」

「は、はいっ」

まるで優等生みたいな返事だと思いながら背筋を伸ばしたら、余計に彼との距離が近くなってしまった。

でも視線は合わせられず、彼の首元を行ったり来たり。

「あ、あの、私、お酒臭いかもしれないので……」

離れたほうがいいと暗に含める。

「それじゃ、試してみようか」

「試すって——」

言葉が強制的に途切れる。唇ごと優成に奪われたのだ。

(えっ……!?)

ものの数秒で解放され、唇が半開きになる。目は大きく見開いた。

「あ、の」

「安心して。酒臭くはない」

そういうことではない。

「どうしてキスを……？」

遅ればせながら、心臓が思い出したかのように早鐘を打ちはじめる。状況に思考は追いついていない。

「史花とキスしたかったから」

ドキッとした。

（それは本物の夫婦に近づくための手段として？　……よね？）

勘違いしそうな言葉に、勝手に反応した鼓動が高鳴る。それを宥めようと牽制するがうまくいかない。

「夫婦になるためじゃない。史花が好きだから」

耳を疑った。

（優成さんが私を……好き？）

にわかには信じられず、彼の放った言葉を頭の中でゆっくり繰り返す。息を忘れて彼を見つめ返した。

「二回言ったくらいじゃ伝わらない？」

「……二回？」

困ったように眉尻を下げる優成に聞き返す。

「帰りのタクシーでも。ま、酔って寝てたから聞こえてないか」

（あれは夢じゃなかったんだ）

「き、聞こえてました……！　でも夢だと思って」

「夢か」

優成がくすっと笑う。

「それじゃ髪に……」

「キスなら、した」

あれも夢ではなかったらしい。

「俺は、史花が好きだ。伝わらないのなら何度だって言う。史花――」

「私もです。私も優成さんが好きです」

優成にだけ言わせるわけにはいかない。史花も想いをしっかり伝えなければ。

口にしただけで、その想いがさらに強く大きくなっていく。ネットに書いてあったことは本当だ。言葉にして伝えるコミュニケーションの大切さを、身をもって知った気がした。

優成が目を細める。今までにないほど優しく、そしてどことなく熱っぽさを感じさせる眼差しだった。

「史花」

吐息交じりに名前を呼び、史花の顎を指先で持ち上げる。目を閉じると同時に唇が重なった。

優成に不意打ちでキスをされてからずっと速いリズムを刻んでいた鼓動が、さらにスピードを上げていく。気持ちが通じ合った喜びで胸はいっぱいだ。

史花の腰を引き寄せた彼の手が、パジャマ越しでもわかるほど熱い。唇を割った舌は口腔内を艶めかしく動き、史花の息を荒げさせる。上顎を舌先でくすぐられ……。

「ん、ふ……」

甘えた吐息が唇の端から漏れた。瞬間、キスが解かれる。

「そういう反応をされると止められなくなる」

優成の声色に悩ましさが滲んだ。いつも凛《りん》として真摯な優成が理性を保とうと苦悶《くもん》しているのがわかり、胸がありえないほど大きな音を立てて弾む。

彼に望まれているのなら、史花に拒む理由はない。

「……大丈夫です」

「大丈夫って?」

「止めなくても」

史花たちは夫婦なのだから。もう、ずっと前から。

「優成さんと、その……」

言葉にはできず、もごもごと口ごもる。

「参ったな」

宙に視線を彷徨わせながらひとり言を呟いた優成は、再び史花を見つめた。それまで以上の熱い眼差しが史花を射貫《いぬ》く。

「やっぱり無理って言っても止めないけど覚悟はいい？」

首を横に振るという答えを受けつけそうにない、情欲にまみれた声だった。

「……は、はい」

大胆に頷いてしまったが、それは紛れもなく素直な想い。気持ちの高ぶりは史花にも抑えきれず、優成を求めて目が潤む。

（どうしよう。優成さんを好きな気持ちがどんどん大きくなっていっちゃう……）

それまでセーブしていたぶんなのか、箍《たが》が外れたように膨らんでいく。

優成は唐突にその場で史花を抱き上げた。

「きゃっ」

驚いて、首に必死に掴まる。これからの展開を想像して鼓動はスピードをさらに上げていく。寝室に辿り着いた優成は史花をベッドに下ろした。

史花の両手をそっと拘束し、組み敷く。

遮光カーテンが窓から注ぐ日差しを封じているとはいえ、夜の暗さには敵わない。朝も早くから〝初夜〟を敢行する恥ずかしさをまざまざと見せつけ、史花の頬を熱くする。

けれど、今さら引き返さない。結婚三カ月にして、優成と正真正銘、本物の夫婦になれるのだから。見た目だけじゃない。史花が望んだ未来は、もうすぐそこにある。

「よ、よろしくお願いします」

緊張が度を超え、場にそぐわない言葉が飛び出した。

「そんなに硬くならなくていいから」

「そうですね。……でも初めてなので」

「初めて?」

優成が訝しげに聞き返す。大学時代に彼氏がいたはずだと言いたげだ。

「大学のときに付き合った人とはキス止まりだったので……。すみません、こんな歳にもなって処女なんて」

面倒と思われたかもしれない。言わなければよかったと後悔していると、優成はなぜか破顔した。

「なんだ、そうだったのか。俺は必要のない嫉妬をしてたんだな」

「……嫉妬？　優成さんが？」

「ああ。自分から聞いたくせに、史花の元彼の話にイラついた」

そう言って優成は眉根を寄せるが、どことなくうれしそうに見えるのは目が笑っているからだ。

「それなら私もです。小早川さんと仲良く話しているのを見て……」

「仲良く？　とんでもない。一方的に言い寄られて困っていたが、この前はっきり突っぱねたからもう平気だ」

「それじゃ……ステイ先で小早川さんとふたりきりで食事していたっていうのは？」

思いきって疑惑をぶつけた。

「たしかに彼女と食事をしたことはあるが、ふたりきりじゃない。そのときのクルーがみんな一緒だったから彼女が都合よく吹聴しているだけだろう」

優成の言葉なら信じられる。彼はそんな嘘で取り繕う人間ではないから。史花に女嫌いだとはっきり打ち明ける正直な人だ。

その噂話をしていた女性たちも、環自ら言いふらしたと言っていた。

「変なことを言ってごめんなさい」

「いや、不安にさせて悪かった。俺はキミ以外じゃダメなんだ。自分でも信じられないくらいに史花が好きでたまらない」

信じられない言葉の羅列だった。

「だから史花の初めてを俺がもらえると知って、今、無性にうれしい」

「私も、初めてが優成さんでよかった」

大学時代に振られたのは、優成との出会いが待っていたからに違いない。

優成との結婚は必然。出会うのも恋に落ちるのも、きっと決まっていた。

運命の恋に仕立てたいほど、ドラマティックな展開に酔う。

「史花」

名前を呼び、優成が額にキスを落とす。見つめる視線は色欲に色塗られ、胸を焦がすほどに熱い。これから自分がどうなるのか想像がつかず、急に不安に襲われる。

「あの……」

「どうした？」

「手順がわからなくて」

円満な夫婦になる方法は調べたくせに、肝心な部分をリサーチし損ねていた。

どういう行為が行われるのかは大まかに知っていても、具体的な動作がわからない。

「手順？」

「私はなにをしたらいいですか？」

優成は優しく目を細めた。

「なにもしなくていい。フライトプランのように綿密な計画は不要だ。俺に体を委ねていればいいから」

「……わかりました」

小さく頷く。

(そうよね。優成さんに任せておけば、なんの心配もいらない)

控えめに深呼吸をして見つめ返すと、優成は微笑みながらもう一度額にキスをした。

それからあとは無我夢中。絶え間なく与えられる刺激に息は上がり、乱され、恥ずかしいなどと言っている余裕はない。

優成とひとつになれた悦《よろこ》びに心の底から幸せを感じていた。

## アンフェアな重大インシデントを乗り越えて

優成と真の夫婦になってから十日が経った。

三カ月前からは考えられないほど縮まった距離は、付き合いたてのカップルを通り越して、まさに新婚夫婦。それまでとは打って変わり、ふたりの時間を大切に過ごしている。

仕事のほうは航空業界にとって年末年始と並ぶ繁忙期のお盆が過ぎ、増便に対応するために一秒たりとも気を抜けない日々がようやく終わった。

お盆明けの今日、史花は久しぶりにフラワーアレンジメント教室でレッスンを受け、喜乃と反省会も兼ねたお茶会へやって来た。

いつものカフェにふたりで入店すると、見知った顔が窓際のテーブルで手を上げる。

「あら！　優成じゃないの。いったいどうしたの？」

優成は立ち上がり、驚く喜乃に椅子を引いた。

「優成さんが、『女子会に俺もまぜて』って」

「まぁ、そうなの」

喜乃は少し戸惑いつつ、首を傾げながら腰を下ろす。〝あの素っ気なかった優成が？〟とでも言いたそうだ。

「おばあちゃんにも会いたかったしね」

「うれしいことを言ってくれるわ」

喜乃は運ばれてきた水に口をつけ、肩を小さく上げ下げした。

「優成さん、疲れてないですか？」

「ああ、平気だ」

優成は午前中にシアトルから羽田に帰ってきたばかり。その足でここへ来ていた。

昨夜、電話で今日のレッスンの話をしたときにカフェで落ち合おうと決まったのだ。

「史花はなにを飲む？」

「うーん、なにがいいかな……」

史花は、優成が広げたメニューを喜乃のほうに向けて悩みはじめた。

「アイスのチェリーティーにしようかな」

「パンケーキもおいしそうだ」

「このレモンクリームのパンケーキ、おいしいですよ」

ドリンクの隣のページにずらっと並んだパンケーキの中からひとつを指差す。

「でも俺ひとりじゃ多いな」

「シェアして食べますか？」

「いいね、そうしよう」

「喜乃さんはなににしますか？」

注文を決め、優成と揃って顔を上げると、ニコニコ顔の喜乃と目が合った。

「夫婦らしくなったわね」

そう言って、ふたりの顔を交互に見る。

結婚したばかりの頃、ふたりのマンションを訪れた喜乃には、夫婦どころか友人にさえ見えない姿を晒してしまった。

ぎくしゃくして息は合わず、会話も続かない。たった三カ月しか経っていないのに、もうずいぶん前の出来事のよう。今のふたりが夫婦らしいかはべつとして、甘い関係になったのはたしかだ。

史花は優成と顔を見合わせ、気恥ずかしさに頬を熱くした。

「無理やり結婚させたみたいでどうなることかとハラハラしたけど、もう大丈夫ね」

「おばあちゃんには心配かけたな。ごめん」

「喜乃さん、すみませんでした」

優成に続いて謝罪すると、喜乃は顔の前で右手をひらりと振った。

「謝る必要なんてないわ」

「それじゃ、感謝だね。史花と出会わせてくれてありがとう」

「私からも言わせてください。優成さんを紹介してくださったこと、心から感謝しています」

優成と揃って頭を下げる。喜乃に力強く押し切られなかったら、おそらく今のふたりはここにいない。優成は今も女嫌いを発動したままだっただろうし、史花は真面目一辺倒の仕事人間だっただろう。

「私は、大好きなふたりをくっつけたかっただけ。だから、私のほうこそ仲良くなってくれてありがとう」

薄らと目を潤ませ、喜乃が笑う。

「さて、あなたたちに負けずにスイーツを食べなくちゃ。私はどれにしようかしら……」

喜乃はメニューを両手で持ち、楽しそうに選びはじめる。

その様子を見ながら、史花は優成と微笑み合った。

喜乃とカフェでお茶をした翌々日、史花はフライトコントロールセンターでいつものようにパソコンのモニターに囲まれていた。

航空機にとって悪天現象である活発な対流雲域——暖かい空気が上昇し、冷たい空気が下降することで起こる現象——が北関東に予想されているため、フライトプラン作成に留意しなければならない。飛行前の航空機にはあらかじめ迂回ルートを設定するとともに、飛行中の航空機にはルートの変更を要請した。

気づけば昼休みの時刻。ちょうど一段落したため、休憩に行こうと席を立つ。

「未希ちゃん、そろそろお昼に行かない？」

隣のデスクでべつのディスパッチャーの支援業務をしていた未希に声をかけた。

「あ、はい……でも、私はもう少し進めておきたいので」

ちらっと史花を見て、未希はすぐにモニターに目線を戻す。心なしか肩を小さくビクンと弾ませたように見えた。

「そう……。それじゃ、先に行ってきます」

史花はお弁当を手に、社員食堂へ向かった。

(未希ちゃん、どうしたんだろう。やっぱり様子が変)

史花が休みに入る前から、未希はどことなく態度がおかしかった。いつも明るい彼女に笑顔がないのだ。

今朝は挨拶しても目を合わせてくれなかった。妙によそよそしい。

誰にでも気分の浮き沈みはあるため、そっとしておいたほうがいいと思っていたが、さすがに放っておけない。

(仕事が終わったら聞いてみようかな)

史花が的確なアドバイスをできるかどうかはべつとして、なにか悩みがあるのなら話を聞いてあげたい。

なんとなく気になりながらお弁当を食べ終えてフライトコントロールセンターに戻ると、お昼に行ったのか未希は席にいなかった。社員食堂に姿はなかったから、きっと空港内のレストランにでも行ったのだろう。

(ちゃんと食べてるといいんだけど)

史花が席に着いてすぐ、デスクの前に人影が差した。

顔を上げて、それがベテラン機長の沖山《おきやま》だとわかる。五十代後半だが現役バリバリであり、何事に対しても厳しいことで有名だ。

ピリッとした空気がフライトコントロールセンター内に広がっていく。

すらっとした長身の彼から険しい表情で見下ろされ、史花は背筋をピンと伸ばした。

「午後三時二十分発、青森《あおもり》行き550便のフライトプランを作成したのはキミで間違いないか？」

「はい、そうです。なにか不備がありましたでしょうか……」

「なにか不備が？　ずいぶんと悠長だね」

声に怒気が混じり、史花を震え上がらせる。

どこかでミスを犯しただろうか。瞬時にそのフライトプランを頭の中に思い浮かべるが、心当たりはない。

一年後輩の運航支援者である湯浅陸人《ゆあさりくと》が心配そうに史花を見るのが視界の隅に入ったが、目を向ける心の余裕はない。

「北関東から東北にかけ、対流雲域があるのもわからなかったのか」

「いえ、そのように解析したので迂回ルートを……」

たしかにそのように設定したはずだと、送信した550便のフライトプランをモニターに表示させる。

「迂回ルート？　そのようなプランにはなっていないが」

「えっ、そんなはずは……」

ヒヤッとしつつモニターに目を走らせる。

「では、なぜ私がこうしてここへ来たんだろうね」

沖山は声のトーンを抑えているが、デスクを指先でトントンとする仕草からも苛立ちが伝わってくる。

「あっ……」

焦りに焦って確認していた史花は、信じたくないものを目にした。

沖山が言っているように迂回ルートが提示されていないのだ。対流雲域に真っすぐ突っ込む飛行ルートになっている。

(嘘でしょう!? どうして……!)

血の気が引き、額に脂汗が噴き出た。

「申し訳ありません!」

たしかに迂回するルートで作成したはずなのに、送信したフライトプランでそうなっていないのはたしか。

「この程度のフライトプランもまともに作れないのに、ディスパッチャーを名乗って恥ずかしくないのか」

決して大きな声ではないが、周りがしんと静まり返っているため沖山の声は響いてしまう。フライトコントロールセンター内の視線を一気に浴び、史花は小さくなる以外にない。

何度も謝罪しながら項垂《うなだ》れていると、センター長の木原が現れた。

「沖山さん、ご迷惑をかけたうえ、ご足労いただき申し訳ありませんでした。すぐに私のほうで作成しなおしますので運航管理センターでお待ちいただけますでしょうか」

木原は沖山の肩に手を添えながら、史花から引き離す。

「いったいどうなってるんですか、木原さん」

「私の監督不行き届きです。本当に申し訳ありません」

木原は史花に振り返り、肩越しに小さく頷いた。任せておけと言いたいのだろう。

心の中で〝よろしくお願いします〟と言って、フライトコントロールセンターを出た彼に向かい史花は頭を下げた。

(どうしてこんなことになったの……?)

わけがわからず心が乱される。先ほどからずっと心臓は早鐘を打ち、緊張状態が続いている。

「おかしいですね。僕が見たときには迂回ルートでしたけど」

支援者の湯浅が不思議そうに首を捻る。

「そうよね……」

史花にもその記憶がある。保存したデータを湯浅が確認したのだから、その時点では正しいプランだったはずだ。

それなのになぜ、まったく違うものが運航管理センターに渡ったのか。

木原が戻り、フライトプランを作成しなおしたのを見計らい、彼のもとへ向かう。気持ちばかりが焦り、足がうまく前に出ない。

「センター長、申し訳ありませんでした」

「あぁ、ふみちゃん。ちょっとこっちにいいかな？」

木原は書類を小脇に抱え、史花と近くの応接室へ連れ立った。

その様子を同僚たちが目で追うのを方々から感じながら入室。ソファに向かい合って腰を下ろした。

息を吐く間もなく木原が切りだす。

「間違いは誰にでもあることだ。とはいえ、大勢の乗客や乗員の命を左右する情報を提供する、我々の責務は重いからね」

「承知しています」

自分のミスが引き金になり、航空機の安全を脅かすところだった。

少し前に搭載燃料を間違えて以降、細心の注意を払っていただけに、史花は大きなショックを受けていた。

「だけど、ふみちゃんがあんなミスを犯すなんてどうしたんだい？」

「なにを言っても言い訳になるので……」

史花のデジタル署名が入ったフライトプランに大きな間違いがあったのは事実である。真実はどうであれ、結果がそうだったのだから史花の過失だ。

そのせいでフライトコントロールセンターの空気をひどく悪くしてしまった。

「そうか……」

木原が腕組みをして唸る。

「センター長にまでご迷惑をおかけして本当に申し訳ありません。沖山さん、大丈夫でしたでしょうか……」

「まぁなんとか収めてもらったけど、始末書を書かせろと言って聞かなくてね。あの人の厳しさは乗員と乗客を守るためのものだから」

むやみやたらに怒っているわけでないのは十分理解しているつもりだ。

始末書という重い言葉が心にのしかかる。もしかしたらそうなるかもしれないとは思ったが、やはりそうだった。それだけ重大な過ちだったのだから。

「わかりました」

ここでごねて、木原にこれ以上迷惑はかけられない。

渋々といった様子で木原が出した始末書を受け取る。

「席で記入してお持ちします」

「悪いね、ふみちゃん」

「いいえ、私の過失ですから、センター長はどうかお気になさらないでください。本当に申し訳ありませんでした」

深く頭を下げ、デスクに戻った。

その日、帰宅した史花がお風呂を出ると、テーブルに置いてあったスマートフォンが着信を知らせて鳴った。画面に優成の名前が表示されている。

優成は今日、福岡にステイし、明日は羽田に戻って関西国際空港へ発つ予定である。ここへ帰ってくるのは明後日だ。

「もしもし」

『史花、大丈夫か？』

「えっ？」

唐突に尋ねられ戸惑う。まさか、今日の一件がもう優成の耳に入っているのか。

『沖山さんとのこと聞いた』

「もう聞いたんですね。心配をかけてごめんなさい」

いずれ耳に入るだろうが、羽田にいない優成にまで今日のうちに話が広まるとは思わなかった。

『CAたちが騒いでいたからね』

「……もしかして小早川さんですか？」

一緒のフライトだったのではないか。

『ああ』

優成の声のトーンが下がる。きっと聞き苦しいことを言われたに違いない。

それにしても環の情報網には驚く。羽田にいたCAから報告が入ったのかもしれない。それが史花のミスだったから余計に早かったのだろう。

「優成さんにまで嫌な思いをさせてすみませんでした」

『気にするな。だけど史花が対流雲域を見逃すミスを犯すとは思えない。なにがあった？』

「私が作成したものとは違うフライトプランになっていたとしか……。でも私の勘違いかもしれませんし、私のミスには違いないんです」

そう考える以外になく、声がどんどん沈んでいく。沖山に叱責された光景が蘇り、胃がキリキリ痛んだ。

しかし沖山のその厳しさは、乗員乗客を守る立場で考えれば当然と言える。これからはより一層注意を払って飛行計画を作成し、運航管理に努めなければならない。

『俺は納得がいかない』

優成がそう言ってくれるだけで十分。不思議と気持ちが少しだけ軽くなる。

「ありがとうございます。でももう大丈夫ですから」

沈黙が流れ、電話の向こうで優成が小さく息を吐くのが聞こえた。

『明日はいったんそっちに帰るけど、またすぐに発つから、帰りは明後日になる』

「はい。帰りを楽しみに待ってます」

優成との通話を切り、史花は大きく息を吐いた。

翌日、出勤すると、フライトコントロールセンターはいつもの通りだった。

「津城さん、おはよう。昨日は大変だったわね」

「あなたの仕事ぶりはみんな知ってるから」

「昨日は昨日。今日はまた気を引きしめてやっていこうな」

　励ましの言葉をあちらこちらからかけられ、自然と気持ちが軽くなってくる。その声に一つひとつに「ありがとうございます」と返し、木原のデスクに向かった。

「センター長、昨日はご迷惑をおかけし申し訳ありませんでした」

「いや、私のほうこそ始末書を書かせて悪かったね」

　頭を深く下げると、木原は手で顔を上げるよう促す。

「あのようなミスのないよう精いっぱいやっていきますので、またよろしくお願いします」

「もちろんだとも」

　木原の穏やかな笑みに癒されつつ席に着く。周りを見回すと、未希の姿はない。

（今日は公休日じゃなかったはずだけど……）

「島谷さんは出勤してますか？」

　隣のデスクの同僚に尋ねる。

「彼女なら体調不良で休むみたいよ」

「そう、ですか」

　たしかに顔色はあまりよくなかった。いつもの彼女なら史花にメッセージを送ってきてもよさそうだが、スマートフォンを確認してもなにも届いていない。それもできないほど深刻な体調不良だとしたら心配だ。

（お昼休みに電話してみようかな）

そう決め、今日最初のフライトプランに取りかかった。


午前九時半を過ぎた頃、フライトコントロールセンター内がざわついていることに気づき顔を上げる。

「えっ」

驚いて思わず声が出た。優成が史花のほうに向かって歩いてきたのだ。

彼は挨拶を交わしながら足を進め、史花の前で立ち止まった。

「ただいま」

爽やかな笑みを向けられ、鼓動が不規則に弾む。

「お、おかえりなさい」

「って言っても、またすぐこれからフライトだけどね」

「関西国際空港行きの350便ですよね。さっきフライトプランを作成して送信しました」

「史花が作ったのか。それじゃ安心だ。フライトウォッチもよろしく」

優成が人目も憚《はばか》らず史花の頭をポンポンと撫でる。

(きっとわざわざ立ち寄ってくれたのよね)

史花を元気づけるためにここへ来たに違いない。

「忙しいのにありがとうございます」

「俺は史花の顔を見たかっただけ」

周囲に聞こえないように囁く。余計に甘い声に聞こえ、仕事中なのに不謹慎にも心拍数が上がった。

「あ、あの、関空上空に霧が発生していますので気をつけてください」

照れくささを隠すために業務連絡で済ませると、優成は「了解」ともう一度史花の頭をポンとした。

優成がフライトコントロールセンターを出た直後、史花が近くの同僚からからかわれたのは言うまでもない。うまくかわせずにいつにも増して真面目顔でモニターに向かう以外になかった。


関西国際空港周辺に予想以上の濃霧が立ち込めている情報を入手したのは、優成が機長を務める航空機が定刻通りに離陸して一時間ほど経過してからだった。

関西国際空港は大阪湾に浮かぶ人工島に位置しているため、海からの湿った空気が流れ込みやすく、放射霧や海霧が発生しやすい。上空にも薄い雲が広がっているため、航空機からの視程はかなり悪いだろう。

プラン作成時から霧は発生していたが、時間の経過とともに解消するだろうと考えていた。その予想が外れ、にわかに史花に緊張が走る。

「関空行き350便と通信をはじめます」

史花はヘッドセットを装着し、無線通信を開始した。

「OCL350、こちらはディスパッチャーの津城です」

『OCL350、了解』

史花の呼びかけに優成が応答する。

「OCL350、最新の気象情報です。目的地の視界は1000フィート、風速は10ノットです」

『1000フィートか、かなり視界不良だね』

「UBTT――狭域悪天実況図――によると着陸時も濃霧の可能性が高いです」

関西国際空港にはILSカテゴリーⅢによる計器着陸方式は導入されていない。ILSとは、滑走路から発せられる電波のガイドラインに航空機を乗せることで着陸が可能となる装置である。

それが関西国際空港にはないため、最悪の場合、着陸できない可能性が出てきた。

『了解。随時情報をお願いします』

いったん優成との通信を切り、ほかの便のフライトプランを作りながらフライトウォッチを続ける。要監視航空機があるときは、いつも以上に気を抜けない。

そうして集中してモニターを見ていると、不意に名前を呼ばれた。顔を上げて、つい表情が硬まる。環だ。

「大変な失態を犯したのに反省書で済んだそうね。ディスパッチャーを外されてもおかしくないと私は思ったんだけど」

昨日の一件を言いに、わざわざここまで足を運んだのだろうか。史花を見下ろす視線に悪意を感じる。

「沖山さんにはご迷惑をおかけし反省しています」

「反省ね。それなら自分から下りればいいのに」

鼻をふんと鳴らし、環は顔をしかめた。方々から視線を浴びてもものともしない強靭《きょうじん》な精神力には脱帽する。

昨日、史花は大失態を犯したが、今その件で環と話している猶予はない。航空機は止まれないし、次々と離発着しているのだから。

「すみませんが、仕事が立て込んでいますので」

立ち去ってほしいと暗に含めて、目線をモニターに戻す。彼女に構っている場合ではない。

彼女を前にするといつも委縮してしまう史花だが、強硬な姿勢を貫き、再び350便と通信を開始。先ほどと同じように呼びかけ、優成が応答する。

環はその様子を見て下唇を噛み、不服そうに去っていった。

「先ほどよりは霧の濃度が低くなっていますが、視程はそれほどよくなっていません。現在1100フィート」

『間もなく着陸態勢に入るが、管制塔の情報によると上空で何機かホールドしてる』

ホールドとは空港周辺の上空で旋回して待機している状態である。やはり視程の影響で着陸できないのだろう。

「予備燃料を積んでいますので、管制塔の指示に従ってください」

『了解』

ダイバートを見越して搭載燃料を増やしているため、ホールドの指示が出ても耐えられる。

史花の運航支援者が関西国際空港へ問い合わせたところ、現在、上空では六機が待機しているという。関西国際空港の着陸数は羽田、成田《なりた》に次ぐ国内第三位。多くの航空機が行き交うため、このあともさらに増えるだろう。

（霧が早く解消してくれるといいんだけど……）

あらゆる天気図を見て予測を立てる。霧の予報は台風などよりも厄介だと史花は常日頃から感じていた。

霧は気温、湿度、風速などの要因がわずかに変化するだけで濃度が大きく変わる。そのうえ特定の地域や地形によって発生が左右され、局地的な現象であり広範囲にわたる気象予測よりも難易度が高い。さらに霧は短時間で発生したり消えたりするため、正確な予測が難しいのだ。

レーダーを確認すると、３５０便はやはりホールドになった模様。上空をゆっくり旋回しているのがわかる。

『こちらＯＣＬ３５０、ディスパッチャーの津城さん、応答願います』

着けたままにしていたヘッドレストに優成の声が飛び込んできた。

「はい、津城です」

『ホールドの指示が出たので上空で待機しています』

「こちらレーダーで確認済みです」

現時点では燃料の残に問題はないが、長く続けばさすがにまずい。

「管制塔からなにか指示があったら共有をお願いします」

『了解』

通信を切ると木原がキャスター付きの椅子を引き寄せ、史花の隣に座った。

「関空、いつになくひどい濃霧だね」

「はい。350便がホールド状態です」

「ダイバートも視野に入れておいたほうがいいんじゃないかな？」

「承知しました。すぐに――」

木原のアドバイスに応えていたそのとき、350便から呼びかけられた。どことなく声に緊迫感が滲んでいる。

最新の気象情報は先ほどと変わっていない。

「津城です。なにか動きがありましたか？」

『燃料供給システムに問題が発生している』

思わぬトラブルの報告だった。

音声をスピーカーに切り替え、木原にも共有する。ほかの航空機を担当しているディスパッチャーたちも一様に史花のほうを見た。

「どのような問題ですか？」

『圧力の低下だ。今、燃料システムの再設定を試みている』

史花は木原と顔を見合わせた。

「一時的なものだとは思うが……」

木原が眉間に皺を寄せる。

機械である以上、航空機の不具合を完全に失くすことは難しい。とはいっても航空機は重複し、それぞれがカバーし合うシステムで運航されており、不具合が発生してもバックアップシステムによって安全な飛行や着陸ができるようになっている。

だからきっと大丈夫だと、史花は自分に言い聞かせる。

『再設定したが変わらないな』

「ほかに手段はありませんか？」

必要に応じて整備士をここへ呼び、意見を仰ぐことも視野に入れる。

『燃料供給を手動で調整してみる』

「お願いします」

もはや迷っている段階ではない。ホールドからダイバートに切り替えたほうがいいだろう。

木原の同意を得て、史花は支援者と分担して近隣の空港にダイバートが可能か連絡を取りはじめた。それぞれの空港で受け入れられる便数には限りがあるため調整が必要だ。

『こちらOCL350、手動もダメだ。油圧が喪失している。圧力リリーフバルブの破損か、油不足、もしくはベアリングの焼損か。油の温度は正常な値を示しているから、できる限り早い着陸が必要だ』

状況が差し迫っていくのを感じ、冷や汗が流れる。もはや待ったはナシだ。

「今、速やかにダイバートを要請していますのでお待ちください」

『よろしく頼む。こちらは機内アナウンスで乗客に代替え空港へ向かうと知らせる。決まったら連絡をくれ』

木原も加わり、代替え空港探しが急ピッチで行われていく。

焦る気持ちが史花の指先を震わせる。

（とにかく急いで……早く、早く……）

史花がディスパッチャーになってから初めての緊急事態だった。

声まで震えるのをなんとか抑え、先方と通話する。

「……はい、そうですか！　ありがとうございます！」

ようやく神戸《こうべ》空港への着陸許可が下り、周りに目と頷きで知らせる。電話を切り、急いで350便に交信する。

「津城です。神戸空港へ決まりました。すぐに向かってください」

『OCL350、了解。このあと、当機はプロペラをフェザー状態にして航行します』

「どうかお気をつけて」

『乗員乗客全員、無傷で神戸空港に連れていく。キミの迅速な誘導に感謝するよ。明日、会うのを楽しみにしてる』

優成はそう言って通信を切った。

優成の最後の言葉が頭の中でリフレインする。一刻も早く会いたい想いを抑え、史花は気持ちを切り替えた。

史花の業務はまだ終わっていない。350便が神戸空港に着陸するまでのフライトウォッチはもちろん、乗客をほかの交通手段に案内しなければならない。

神戸空港から関西国際空港への移動を手配し、目的地の空港へ送り届けるまでが史花の仕事である。

そうして350便が神戸空港に無事に着陸したときには、フライトコントロールセンター内が拍手に包まれた。

翌日の午後、休みの史花は玄関のドアが閉まる音を聞きつけ、スリッパの音を響かせて駆けつけた。

「おかえりなさい！」

飛びつく勢いで彼の前で足を止めると、優成は両腕でしっかり受け止めてくれた。たった二日会えなかっただけとは思えないほど恋しかったのは、昨日のシステムトラブルのせいだろう。

「ただいま」

まだ慣れないけれど大好きな優成の香りに包まれ、胸が高鳴ると同時に妙にほっとする。

体を引き離されると同時に唇が重なった。軽く食《は》んでから離れる。

「昨日はありがとう」

「無事で本当によかったです」

航空機はひとつのミスや故障が命取り。昨日のハラハラした時間を思い出すだけで未だに体が震える。

乗客たちはオーシャンエアラインが手配したバスで関西国際空港へ移動し、事なきを得た。

「史花の適切な判断のおかげだ」

もう一度抱き寄せられ、今度は髪に唇が触れる。

「心配をかけたな」

「優成さんなら大丈夫だと思っていましたから」

見上げると同時に再び唇が重なったそのとき、スカートのポケットに入れていたスマートフォンが着信音を響かせる。取り出した画面に未希の名前が表示されていた。

あれからずっと彼女へのメッセージに返信はなく、電話をかけても繋がらなかった。今朝、職場に電話をかけて問い合わせたが、昨日に引き続き今日も体調不良で休みだと聞かされている。

「ちょっと出てもいいですか？」

「ああ」

優成に断り通話ボタンをタップする。

「もしもし未希ちゃん、どうしたのかと心配していたの。体調はどう？」

『……ごめんなさい』

まだ調子が悪いのか、声に元気がない。

「ううん、気にしないで」

『そうじゃないんです』

なにが〝そうじゃない〟のかピンとこず、未希の言葉を待つ。

『……史花さん、これから会えませんか？』

「えっ？　だけど体は平気なの？」

急に会いたいとはどうしたのだろうか。

『お話ししたいことがあって……。じつは今、史花さんのマンションの最寄り駅にいるんです』

どことなく神妙な声が史花の心をざわつかせる。

以前、未希とはお互いが住んでいる街について話したことがあった。未希が両親と暮らす自宅は、史花たちのマンションとは五駅しか離れていない。

「それじゃ、ちょっと待ってね。優成さんに聞いてみるから」

自分の名前を出された優成が、首を傾げて史花を見る。

『津城さんがいらっしゃるんですか？』

「今、帰ったところなの」

『そうでしたか。すみません……。あの、それじゃ津城さんにも一緒に聞いていただけたら……』

「優成さんにも？」

さらなる申し出に戸惑う。いったいなんの話なのか。

「優成さん、島谷未希さんが話したいことがあるそうなので、ちょっと付き合ってもらえますか？」

「え？　俺も同席で？」

頷く史花に、優成が目を丸くする。

「いいけど、なんの話？」

「わからないんですけど、ちょっと深刻そうで……」

声の印象からは、只事ではない雰囲気が漂っている。

彼女が今、近くにいることを伝えると、優成は「それならうちに来てもらったらどう？」と思わぬ提案をした。史花が深刻そうと言ったため、外で会うよりいいという気遣いだろう。

未希に自宅の場所を伝え、待つこと五分。彼女が到着した。

リビングに通し、ソファに向かい合って座る。電話で感じた印象のまま、未希は重い空気を纏っていた。腿《もも》の上で揃えた手がわずかに震えている。

「未希ちゃん、話って？」

なかなか切りださないため、史花が口火を切る。

「……ごめんなさい」

未希はそう言うなり頭を深く下げた。

「えっ、なにが？ どうしたの？」

優成と目を合わせて首を傾げ合う。

「史花さんのフライトプランにミスを加えたのは私なんです」

なにを言われたのか、すぐに理解ができない。未希が言っているのが先日のトラブルの件だとはわかる。でも――。

（未希ちゃんがミスを加えたってどういうことなの……？）

なぜ彼女がそんな真似をするのか。史花と親しくしていたのはもちろん、ディスパッチャーを目指している人間としてあるまじき行為だ。それがどれだけ危険なことなのかわからないわけはないだろう。

悲しみと憤りで言葉が出てこない。

「詳しく話を聞かせてくれ」

史花に代わって優成が先を促す。落ち着いた声ではあるが、荒くなった呼吸から隠しきれない怒りを感じた。

「……小早川さんに指示されたんです」

「小早川って、ＣＡの小早川環のことか？」

優成の質問に未希がコクンと頷く。

「史花さんが作成したフライトプランを改ざんしろと。沖山さんが機長を務めるフライトを狙えと言われて……。本当にごめんなさい」

未希のさらなる告白を聞いて愕然とした。

（小早川さんがそんなことを未希ちゃんにやらせるなんて……）

あまりの出来事に体が震えてくる。

厳しいと評判の沖山のフライトを選ぶように仕向けたのは、彼なら史花をこっぴどく叱るだろうと見越したからに違いない。大勢の前で叱責させ、史花の顔を潰すため。

このところ未希の様子がおかしかったのは、体調不良が原因ではなかった。想像もつかない事態に巻き込まれていたのだ。

作成したフライトプランは、ディスパッチャーであれば誰でも書きなおしが可能。

それは緊急時に迅速にフライトプランを変更できるようにするためである。

「でも、未希ちゃんには修正を加える権限がないでしょう?」

未希はまだ支援者であり、一度送信されたデータへのアクセス権限はない。

彼女がそんな真似をするのが信じられず、変更は無理だと思いたかった。

「小早川さんがシステムの人に史花さんのIDとパスワードを聞きだしたんです。それを私に……」

未希だけでなく、システムの人間まで巻き込むとは。

「小早川さんはどうしてそんなことを?」

「逆恨みだろう」

史花の疑問に優成が答えると、未希は同意するように頷いた。

「俺が彼女の誘いをことごとく断ったから、その腹いせに史花を貶めたに違いない」

「そんな……」

あまりにも浅はかで短絡的な行為が史花から言葉を奪う。

優成につれなくされた鬱憤を晴らすために、航空機を危険に晒したのだとしたら許せない。

「キミはなぜ、彼女のそんな指示に従ったんだ。航空機に携わる仕事をしている人間として恥ずかしくないのか」

優成の言葉に怒りが滲む。パイロットとして許しがたいのだろう。

その気持ちは史花も同じだ。未希がなぜ？と憤りは隠せない。

「……すみません。小早川さんに『私の父に頼めば、あなたなんてフライトコントロールセンターから追い出せるんだから』って言われたんです」

「そんな脅しを？」

「ひどいわ」

環の父親はオーシャンエアラインの取締役だ。その権力を盾に未希やシステムの人を脅迫したらしい。

権力をチラつかされれば、未希が操られるのも無理もなかったかもしれない。おそらくシステムの人間にも同じように迫ったのだろう。

CAとしての矜持《きょうじ》はどこへいったのか。父親の顔だって潰す行為だ。

「でも、それならどうして相談してくれなかったの？」

「史花には無理でも、センター長には相談できただろう？」

「センター長の立場まで悪くしたくなかったんです。……でも今はそうすればよかったって後悔してます。日が経つにつれて怖くなって……」

良心の呵責《かしゃく》に苦しめられ、こうして史花に打ち明けるに至ったのだろう。

未希は唇をぐっと噛みしめ、拳をぎゅっと握りしめる。

「今の話を証明できるものはなにか残っていないか？　手を下したのが島谷さんである以上、小早川環を問い詰めても白を切られるのがオチだろう」

たしかにその通りだ。未希の証言だけでは証拠として不十分に違いない。

「それなら……」

未希は自分のスマートフォンを取り出した。

「もしものときにと思って音声を……」

「録音してあるの？」

「……はい。まずいでしょうか」

「いや、ありがたい」

未希によると、環が何度となく接触して要請してきたため、保険として録音しておいたという。

音声を再生すると、たしかに環の声で未希にフライトプランの改ざんを指示する内容が録音されていた。

「謝って済む問題ではないとわかっていますが、本当に申し訳ありませんでした」

未希が力なく頭を下げる。

手を下した未希に対してよりも、自分の手を汚さず高みの見物を決め込んでいた環への怒りが込み上げてくる。史花への的外れな悪意で未希を傷つけたのも許せない。音声データを優成のスマートフォンに送ってもらい、未希を玄関で見送る。

「史花、小早川環と決着をつけてこよう」

「小早川さんと決着……。そうですね、私もそうしたいです」

このままではいられない。

オーシャンエアラインのオフィスに電話をかけて環の出勤状況を問い合わせると、今日はオフだという。フライトで遠方に行っていなくて助かったが、直接彼女と連絡を取る以外にない。

ところが優成に困った様子はなく、涼しい顔をしてスマートフォンを触っていた。

「彼女の連絡先、知ってるんですか？」

つい、どうして？という気持ちが滲んでしまった。そんなことを気にしている場合ではないのに。

「誤解しないでくれ。誰に聞いたのか知らないが、彼女から何度か電話をもらってる」

優成は釈明しながら微笑み、今度はスマートフォンの履歴を辿って「たぶんこれだろう」と未登録の電話番号をタップした。

彼女がすぐに出たのが、電話口から漏れ聞こえる。

『津城さん！』

環の声はうれしさを隠しもせず弾んでいた。

『津城さんから電話をもらえるなんて』

優成がスピーカーに切り替えたため、その声が玄関に響き渡る。

「これから会えないか？」

『えっ？』

「時間があれば会いたい」

『もちろんです……！』

環は完全に勘違いしている様子だ。

「今どこにいる？」

『自宅です。けど、どこへでも――』

「そこへ行く。住所を教えてくれ」

人目のある場所を避けるのは、オーシャンエアラインの醜聞《しゅうぶん》を晒すわけにはいかないからか。

優成は環を遮り、場所を教えるよう迫った。

環との通話を切り、優成の車に乗り込む。

環は優成の訪問をどう解釈したか。ようやく自分に靡《なび》いたと手放しで喜んでいるだろうか。やっぱり史花よりも自分だと。まさか史花が一緒だとは思わず、フライトプランの改ざんを断罪されるとも知らずに――。

モダンなグレーの外観が目を引く十五階建ての高層マンションのエントランスに優成と並んで立つ。部屋ナンバーを入力してインターフォンを鳴らすと、間を置かずに環は出た。

『すぐに開けますのでどうぞ！　エレベーターを六階で降りてください』

電話のときのようにハイテンションだ。

ドアが開き、エレベーターに乗り込む。ここへきて急に緊張が増してきた。

「大丈夫か？」

優成にもそれが伝わったらしい。

「……はい」

「史花はなんの心配もいらない。俺に任せて」

優成は史花の手を取り、力強く握りしめた。

彼女の部屋の前で改めてインターフォンを押す。中から『はーい』と上機嫌の声が聞こえてきた。

「お待ちしていま――」

ドアを開けた環が言葉に詰まる。史花に気づき、笑顔が一変した。

「どうして」

尖った目が史花に向けられる。

「俺がひとりでキミに会いにくると思ったか」

「だって会いたいって」

拗ねた口調で不満を口にする。

「話がある」

「……話？」

「フライトプランの件と言ったらわかるだろう？」

環は眉をピクリと動かし、瞳を左右にわずかに揺らした。

「……わからないわ。なんの話ですか？」

動揺しているのは明らかなのに、一拍置いてうそぶく。

「沖山さんが機長を務めた、青森行きの５５０便です」

史花が優成に代わって答える。

「それならあなたが間違えたフライトプランよね？」

丁寧に手で指し示しておきながら、史花に向ける目は鋭く冷ややかだ。あくまでも知らないふりを押し通すつもりらしい。

「史花じゃなく、キミが史花を陥れるためにフライトプランを書き換えるよう指示したんだろう？」

優成は〝キミが〟の部分を強調した。

「なにを言ってるのかわかりません。どうして私がそんなことを？」

「とぼけても無駄です。証拠ならありますから」

「……証拠？」

環が訝しげに目を細め、史花を見る。そんなものなどあるはずないという自信があるのか、強気な態度は崩れない。

優成はスマートフォンを取り出し、未希が送ってよこした音声データを再生しはじめた。

『私の父に頼めば、あなたなんてディスパッチャーになれないどころか、オーシャンエアラインにだっていられなくなるのよ？』

環の声が流れた途端、彼女の顔から血の気がなくなっていく。

「ちょっと待って！　止めて！」

環は優成のスマートフォンに手を伸ばすが、優成はそれを高く持ち上げて届かないようにした。

『津城史花のＩＤさえあれば、彼女が作ったフライトプランを書き換えるのなんて簡単でしょう？　自分の人生がかかっているんだもの、迷っている余裕なんてないじゃない』

『……何度も言いますが、私にはそんなことはできません』

環の指示を拒絶する未希の声が震える。

同様に、目の前にいる環の手も震えはじめた。

『大丈夫よ、沖山さんならちゃんと間違いに気づくでしょうから。そのまま離陸するなんてないわ。まぁ、彼女のところに怒り心頭で乗り込むでしょうけど。アハハハハ』

環の高笑いが響いたところで、優成が再生を止める。

「これでもまだ知らんぷりを決め込むつもりか」

「な、なによ、なんなのよ……。こんなのあんまりだわ」

環は首をふるふると力なく横に振りながら口を戦慄《わなな》かせた。動かぬ証拠を突きつけられ、さすがに逃げられないと悟ったか。

「それは史花のセリフだろう」

「本当にあんまりです。どうしてあんなひどいことを」

史花は優成の言葉に続けた。

どんな理由があろうと、決してやってはいけないことのはず。

肩を震わせていた環が、不意にぐっと顎を引き、史花を鋭い目で見る。

「あなたには一生わからないでしょうね。私はいつだってなんだって一番だったの。勉強だってスポーツだってそう。男の人にだって誰よりちやほやされてきた。それなのに津城さんは私に見向きもせず、あなたみたいな人と結婚だなんてあんまりじゃない……！　そんなの許せなかったのよ！」

吐き捨てるように言った顔が歪む。史花への憎しみを隠そうともしない様子が、なぜかものすごく憐れに見えた。

自分のプライドを守ることだけしか見えず、善悪の見境もつかなくなる軽率さに言葉もない。たとえそれが、白石が言っていたように父親の愛情を一身に受けられなかったのが原因だとしても。

「だから乗員乗客の危険も顧みず、フライトプランを書き換えたんですか？　ＣＡはほかの職員と同じく、空の安全を守る大事な役割を担わなければいけない立場です」

つい語気が荒くなった史花を優成が引き継ぐ。

「それもパイロットに近い場所で、それをつぶさに感じているはずだ。そんな人間が、フライトプランの改ざんを指示するなどもってのほか」

優成が声を荒げる。そんな彼を見たのは初めてだった。

パイロットとして、同じように航空業界に携わる人間の愚かな行いが悲しくもあるのだろう。

事実、史花もそうだ。女性なら一度は憧れたことのある華々しい職業であるＣＡが、自分の尊厳を守るためだけに航空機の安全を脅かしたのだから。たとえそのミスにパイロットが気づくのを見越していたとしても。

「だ、だって……！」

「言い訳はもうたくさんだ」

優成に冷たく一蹴された環の肩がビクッと弾む。

「キミがここまで愚かな人間だとは思わなかった。史花への悪質極まりない嫌がらせも侮辱も、俺は絶対に許さない。会社には俺から報告しておくから、追ってなんらかの通達があるだろう。覚悟しておくといい」

優成の最後の言葉で、いよいよ事の重大さを思い知ったのか、環はその場に膝から崩れ落ちた。

「史花、帰ろう」

優成に促され、彼女に背を向ける。乗り込んだエレベーターのドアが閉まる寸前、環が苦しげに漏らした嗚咽《おえつ》が聞こえた。

# エピローグ

日勤を終え、駅の改札を抜けた史花は家路を急いでいた。

環はあのあと、オーシャンエアラインを懲戒解雇となった。航空会社に勤める人間として断じて許容できない行為により、取締役を務めていた彼女の父親が自主退職に追い込まれたのもやむを得ないだろう。

実行役を担った未希とシステム部員も処分されたが、環のパワハラが認められたうえ、やり口が悪質だったため降格と半年間の給与減額だけで済んだ。

ディスパッチャーを目指していた未希の未来が守られ、誰よりもほっとしているのは史花である。未希は、史花と環のいざこざに巻き込まれただけにすぎないから。

史花の過失は帳消しになり、始末書は当然ながら破棄。気分も新たに仕事に励んでいる。

夕方を迎えてもなお昼間の強烈な暑さをため込み、気温は下がる気配がない。九月に入って一週間が経つというのに真夏同然の空気が、史花の体にまとわりつく。

それを不快に感じないのは、今日が結婚四カ月目の記念日だからなのかもしれない。

三カ月記念は優成のサプライズでお祝いしたため、四カ月目の今日は史花から仕掛けたいと考えていた。とはいっても、手料理の夕食を準備する程度だけれど。

（あとはおいしいシャンパンとミレーヌのケーキで花を添えよう）

空港内のワインショップで買ったシャンパンで乾杯して、帰りに足を延ばしてゲットしたケーキをデザートにすれば完璧だ。

湿気を含んだ風をものともせず鼻歌交じりに帰宅すると、玄関に優成の靴があった。

（あれ？　今日は私より帰りが遅いって聞いたはずだけど……）

昨夜電話で話したときにはたしかにそうだった。

「優成さん？」

名前を呼びながらリビングへ向かうが返事はない。

（シャワーでも浴びてるのかな）

まずは荷物をキッチンに運ぼうとリビングのドアを開けた史花は、テーブルの上に置いてあるものを見て目を見開いた。

「わぁ、花束！」

両腕で抱えるほど大きな花束だったのだ。

落ち着いた色合いのオレンジのバラをメインに、チョコレートコスモスがアクセントになった秋らしい彩りだ。

「甘くていい香り」

シャンパンとケーキをテーブルに置き、花束を抱えて匂いを堪能していると、突然背後から抱きすくめられた。

「おかえり、史花」

「優成さん、これ――」

ただいまをすっ飛ばして首だけで振り返ると、肩越しに唇が軽く重なった。

離れてすぐ、優成が微笑む。

「気に入った？」

「はい、とっても綺麗」

「四カ月記念に」

優成もしっかり覚えてくれていたようだ。

「ありがとうございます。でも帰りは私より遅いはずじゃ？」

「そうだったっけ？」

振り返った史花にいたずらっぽく笑って惚ける。サプライズのつもりだったのかもしれない。

「それともうひとつ渡したいものがある」

史花の目の前にベルベット素材の箱が差し出された。中身が簡単に想像できてしまう箱だ。

「これってもしかして……」

優成が蓋を開けると、中に結婚指輪がふたつ並んでいた。お願いしていた刻印が完成したのだろう。

優成は小さいほうを手に取り、ケースをテーブルに置いた。

「手、出して」

「はい……」

リビングがにわかに神聖な場所に変わる。花束をいったんテーブルに置き、言われるままに左手を差し出した。

薬指をするりと滑り、指輪が定位置に収まる。

(なんでだろう。これだけでものすごく幸せ……)

結婚して四カ月が経ち、想いを遂げ合って一カ月が過ぎたというのに、史花は今また改めて結婚を実感している。こんなにも小さな指輪が、愛の証のように思えて尊い。

「優成さんも手を貸してください」

今度は史花の番だ。箱から慎重に指輪を取り出し、優成の薬指にそっと嵌めた。

お互いに自分の左手をまじまじと見て微笑み合う。

「これで俺たちは、どこからどう見ても夫婦だな」

「そうですね。なんだかとっても感慨深いです。指輪なんてなくてもいいって思っていましたけど、やっぱりいいですね。本当に優成さんの奥さんなんだって」

「そう。紛れもなく史花は俺の奥さんだ。それも永遠にね」

愛のない形ばかりの仮面夫婦ではない。協力しながら手探りで、一つひとつ積み重ねて今がある。それも今となっては大切な時間だ。

優成は史花の左手を取り、薬指にキスをした。

「そろそろ夕食の準備をしますね。シャンパンとケーキも買ってきたんです」

テーブルに置いた荷物を指差す。

「俺も一緒にやるよ」

「フライトで疲れてませんか？」

「史花だって仕事だっただろ。それに全然疲れてない。むしろ史花の顔を三日ぶりに見られたから元気だしね」

気持ちを伝え合ってからというもの、優成は恥ずかしげもなく思ったことを言うようになった。以前だったら絶対に考えられない変わりようだ。

「ありがとうございます。じゃあ、その前に花を花瓶に移して……あとは指輪のケースをしまいますね」

「それじゃ俺はまず、これを冷蔵庫に入れてこよう」

「お願いします」

シャンパンとケーキを優成に託し、史花は指輪ケースを手に寝室に向かった。

出窓の下にある収納の扉を開き、引き出しを開ける。

「あっ、ここは優成さんのだ」

史花が使用しているのは、その隣だ。すぐに閉めようとして思い留まる。

（……写真？）

書類の束の上に写真が一枚無造作に置かれていたのだ。なんの気なしに手に取り、心臓が止まる思いがした。

「えっ？　どうして……」

その写真を持ったままキッチンに急いで向かう。

「優成さん、優成さん」

「なに、どうした」

ただごとでない様子の史花を見て、優成が目を瞬かせる。

「ごめんなさい。間違えて優成さんの引き出しを開けちゃったんです」

「なんだ、そんなことか。気にするな」

「そうしたらこれが……」

手にしていた写真を彼に見せた。

「え？ ……ああ、子どもの頃、新千歳《しんちとせ》空港で撮った写真だ」

写真には小学生くらいの男の子とパイロットが並んで写っている。

「この子は優成さんなんですか？」

「ああ」

優成によると、両親から離婚の話を聞き、ショックで家を飛び出して札幌へ向かったときに撮影したものだという。悪天に見舞われたフライトで見事な操縦をしたパイロットに感動し、一緒に写真を撮らせてもらったのだと。

「これ、私の父です」

「……え？」

「優成さんの隣に写っているパイロットは、亡くなった私の父です」

「この人が、史花のお父さん……？」

信じられないといった様子で呟く優成に頷いて返す。

「それじゃ俺は子どもの頃、史花のお父さんに会っていたのか……？」

「そうみたい、ですね」

史花もまだ信じられない。でも現にここに、優成と父が写っている写真がある。

「俺がパイロットを目指したのは、このときの出会いがあったからなんだ」

「父の飛行機に乗ったのがきっかけ？」

優成のその後の人生を大きく左右する出会いが、史花の父親とのものだったと聞き、鼓動が大きく弾む。

「悪天候をものともせず航空機を操るカッコよさに感動して」

札幌を目指して父の飛行機に乗らなかったら、優成はパイロットになっていなかったかもしれない。遠い昔に優成と史花、ふたりの繋がりを見つけ胸が熱くなる。

「史花のお父さんを通して、俺たちは何十年も前に出会っていたんだな」

壮大な運命の歯車を前に言葉も出ない。

すでに亡くなった父のパイロット姿を、優成は見ていたのだ。その〝彼〟の娘と将来、結婚するとも知らずに。

写真の中で敬礼ポーズを決める父が笑った気がした。

「史花と俺は、このときから繋がっていたんだな」

「そうなんですね……」

「史花のお父さんが繋いでくれた出会いだ。俺は一生大事にする」

「私も」

どちらからともなく唇が重なる。

『これはきっと運命よ』

喜乃がふたりを引き合わせたとき、そう言っていたのを思い出した。

たまたまフラワーアレンジメント教室で出会った喜乃の孫が優成で、その優成は史花の父と遥か昔に出会っていた。恋の予感を花言葉に持つカラフルなポピーは、ふたりの出会いを知っていたのか。

重なる偶然は必然。それを運命と呼んでもいいだろう。

何十年もの時を経て巡り会ったふたりの未来は、きっと約束されたもの。この出会いを大切に――。

おわり

# 特別書き下ろし番外編

# 約束のビーナスベルト

年が明けた二月初旬。史花と優成は、タヒチに向かうオーシャンエアラインの飛行機に乗っていた。

ひと足遅い新婚旅行は、寒い日本を抜け出したいというふたり共通の希望で行き先が決定。忙しない日常から束の間離れ、楽園の水上コテージに滞在する贅沢な時間を想像して史花はワクワクが止まらない。

（せっかくの綺麗な海だもの、シュノーケリングは外せないでしょう？　ホテルの部屋からそのままダイブしたら気持ちよさそう。ジェットスキーにも乗ってみたいし、島を巡るサファリツアーもいいな。あ、ポリネシアンダンスショーも見てみたい）

史花は先ほどからガイドブックを開いては、ホテルやアクティビティのチェックに余念がない。

真っ白な砂浜にタヒチアンブルーと呼ばれる美しい青色の海。広がるコーラルリーフの写真は見ているだけで心が弾んでしまう。

行き先が決定してからというもの、史花の頭の中はタヒチでの過ごし方を考えるのでいっぱいだ。

「ずいぶんと熱心に読んでるね」

隣のシートに座る優成が、史花が開いているガイドブックを覗き込んできた。

「ほんとは朝から晩までしっかりプランを作ろうと思ったんですけど」

「さすがディスパッチャー。史花らしいね」

笑いを零す優成に、史花は肩を竦めた。

「でもやめました。せかせかした日本を飛び出したのに、時間に追われてバカンスを過ごすのはもったいないなと思って」

せっかくの新婚旅行を台無しにしたくない。特に、忙しい優成にはのんびり過ごしてもらいたいのだ。やりたいことはあれこれあるが、朝から晩まで海を眺めて過ごす日があってもいい。時間とともに移り変わる海の色は、きっと美しいに違いないから。

そうして優成とふたりで過ごす贅沢な休日を思い浮かべるだけで自然と笑顔になる。

「俺は史花と一緒ならなにをしても幸せだから、史花の思うようにしたらいい」

優成がとびきり甘い目をして、史花にとって最高にうれしいことを言う。彼のそんな言動には未だに少し慣れなくて、そのたびに史花の鼓動は誤作動を起こしたかのように不規則なリズムを刻む。

「……ありがとうございます」

史花の髪にキスをした優成に、はにかみながら笑みを返した。

「あ、史花、見て」

優成が不意に、史花越しに窓の外を遠く指差す。

その声につられるようにして指先を辿っていくと、白みがかったようなグレーがかったような、アッシュピンク色の帯が日没直後の東の空に現れた。

（もしかして……）

以前、優成が聞かせてくれた話を思い出す。

「あれがビーナスベルト？」

「ああ」

「ということは」

「その下に見えるネイビーブルーのラインが地球の影」

（あれがそうなんだ……）

無意識にため息が漏れたのは、想像以上に美しい景色だったから。いつか一緒に見たいと思っていた壮大な光景が、目の前いっぱいに広がっていた。

「どうしてあんな現象が起こるんですか？」

地球上から地球の影を見られるなんて、この歳まで知らなかった。

「日の出直前や日没直後の太陽が水平線や地平線のすぐ下にあるとき、その太陽光が大気の影響で赤色を中心に空に拡散されて反対側の空に投影されるらしい。それが見られるのはわずか十分程度」

「本当に貴重な景色なんですね」

夕焼けとも朝焼けとも違う、初めて見る空の色に時間を忘れて見入る。

不思議な光景を目にし、不意に遠い昔のことが史花の脳裏に蘇る。それは今の今まで忘れていた、史花が小学二年生くらいの父との記憶だ。

『史花、世界には、史花がまだ知らない素晴らしい景色があるんだよ』

『景色？ どんな？』

『ビーナスベルトといってね』

『ビーナスベルト？』

史花が右に左に首を傾げると、父は史花のお絵かき帳を開き、色鉛筆を手に取った。真っ白いページを淡いピンク色に染め、その下に青いラインを太く長く引いていく。

『太陽とは逆の空が、こんな色に染まるときがあるんだ』

『綺麗……』

それは今まで目にしたことのない、美しいコントラストだった。

『だろう？　お父さんの大好きな景色』

『飛行機から見えるの？』

『そうだよ。今度一緒に見ようか』

『うん！　見たい！』

父が描いた絵をうれしさいっぱいに見る史花を、父が穏やかな笑みで見守る。そんな優しい記憶だ。その実物を見たのをきっかけに突如、鮮明に思い出された。

「……私、これが見たかった」

父とその約束をした夜は、予定も決まっていないのにワクワクして眠れなかった。

本物の空はどんなふうに見えるのだろうと。

それが果たされる前に父は亡くなったため、史花は父とこの景色を一緒に見ていない。心の奥深くで眠っていた父との大切な記憶が蘇り、胸が熱くなる。

「見せてあげられてよかった」

「優成さんと見られて、すごく幸せです」

大切な父との〝思い出の景色〟を、時を超えて優成と見られた。それは奇跡と言ってもいいだろう。

史花を抱き寄せた優成の肩に頭を預ける。

(お父さんも今、そばで一緒に見ている気がする)

なぜかわからないが、そう強く感じた。

遠い日の父のパイロット姿を知っている優成と、約束のビーナスベルトを見ているからだろうか。

刻一刻と変わっていく空の色。霞みがかったピンクの空は次第に青みを帯び、夜の色へと景色を変えていく。

「史花とは、あといくつ同じ景色を見られるだろうな」

「数えきれないくらいたくさん。だけど、その一つひとつは全部目に焼きつけて、しっかり覚えていたいです」

「そうだな。タヒチでも、ふたりだけの景色を胸に刻みつけよう」

「はい」

頷きながら優成を見つめ返す。

史花たちはシートの陰に隠れながら、そっと唇を重ねた。

おわり

# あとがき

最後まで本作をお読みいただき、ありがとうございました。職業モノのヒーロー＆ヒロインのラブストーリーはお楽しみいただけたでしょうか。

久しぶりのパイロットにはどんなヒロインを組み合わせようかと悩んでいたとき、ふと思い立ったのがディスパッチャーでした。昔見たドラマにチラッと登場した役柄からヒントを得たのがきっかけです。

初めて書く職業が新鮮で、調べ物の手が止まらず執筆そっちのけ。リサーチ好きなのは、史花にも通じるかも？　おかげでちょっぴり天気には詳しくなったような気がします。

さて、本作には数年前に書いたヒーローが登場していますが、お気づきになった方はいらっしゃるでしょうか。教官の立場で出てきた本郷翔です。

結婚について責任だの義務だのと優成に説いていますが、彼もまた契約結婚の経験者なんですよね。上から目線で言ってるな〜と作者ながら糸目になりました。

ちなみに本作で登場するビーナスベルトは、地上からも見られます。都会だとなかなか難しいかもしれませんが、よく晴れた真冬の日の出直前、視界が開けた場所で西の空を見てみてください。低い位置に薄らとピンク色に染まった空が広がっていると思います。地球の影が見えるなんて神秘的だと思いませんか？　優しい色合いがなんともいえず美しいので、チャンスがあったらぜひ見てみてくださいね。

最後になりますが、今回もたくさんの方のお力添えで本作が完成しました。いつも本当にありがとうございます。

良質な作品に触れてたくさん吸収し、これからも読者の皆様に楽しんでいただけるお話を書いていきたいです。

また次作でもお目にかかれますように。

紅《くれない》カオル

紅カオル先生への
ファンレターのあて先

〒104-0031
東京都中央区京橋1-3-1
八重洲口大栄ビル7F
スターツ出版株式会社　書籍編集部　気付

紅カオル先生

本書へのご意見をお聞かせください

お買い上げいただき、ありがとうございます。
今後の編集の参考にさせていただきますので、
アンケートにお答えいただければ幸いです。

下記URLまたは二次元コードから
アンケートページへお入りください。
https://www.ozmall.co.jp/enquete/IndexTalkappi.aspx?id=2301

# 結婚不適合なふたりが夫婦になったら
# ――女嫌いパイロットが鉄壁妻に激甘に!?

2025年4月10日　初版第1刷発行

著　　者　紅カオル

発 行 人　菊地修一
デザイン　カバー　アフターグロウ
　　　　　フォーマット　hive & co.,ltd.
校　　正　株式会社鷗来堂
発 行 所　スターツ出版株式会社
〒104-0031
東京都中央区京橋1-3-1　八重洲口大栄ビル7F
TEL　03-6202-0386（出版マーケティンググループ）
TEL　050-5538-5679（書店様向けご注文専用ダイヤル）
URL　https://starts-pub.jp/
印 刷 所　株式会社DNP出版プロダクツ

Printed in Japan



ISBN 978-4-8137-1724-9　C0193

# ベリーズ文庫 2025年4月発売

『結婚不適合なふたりが夫婦になったら――女嫌いパイロットが鉄壁妻に激甘に!?』 紅《くれない》カオル・著

空港で働く史花は超がつく真面目人間。ある日、ひょんなことから友人に男性を紹介されることに。現れたのは同じ職場の女嫌いパイロット・優成だった！ 彼は「女性避けがしたい」と契約結婚を提案してきて!?　驚くも、母を安心させたい史花は承諾。冷めた結婚が始まるが、鉄仮面な優成が激愛に目覚めて…!?

ISBN978-4-8137-1724-9／定価825円（本体750円＋税10%）

『悪辣外科医、契約妻に狂おしいほどの愛を尽くす【極上の悪い男シリーズ】』 伊月《いづき》ジュイ・著

外科部長の父の薦めで璃子はエリート脳外科医・真宙と出会う。優しい彼に惹かれ結婚前提の交際を始めるが、ある日彼の本性を知ってしまい…!?　母の手術をする代わりに真宙に求められたのは契約結婚。悪辣外科医との前途多難な新婚生活と思いきや――「全部俺で埋め尽くす」と溺愛を刻み付けられて!?

ISBN978-4-8137-1725-6／定価814円（本体740円＋税10%）

『離婚計画は白紙です！～男嫌いなかりそめ妻はカタブツ警視正の甘い愛に陥落して～』 田崎《たさき》くるみ・著

過去のトラウマで男性恐怖症になってしまった澪は、父の勧めで警視正の壱夜とお見合いをすることに。両親を安心させたい一心で結婚を考える澪に彼が提案したのは「離婚前提の結婚」で…!?　すれ違いの日々が続いていたはずが、カタブツな壱夜はある日を境に澪への愛情が止められなくなり…！

ISBN978-4-8137-1726-3／定価814円（本体740円＋税10%）

『極氷御曹司の燃える愛で氷の女王は熱く溶ける～冷え切った契約結婚だったはずですが～』 にしのムラサキ・著

名家の娘のため厳しく育てられた三花は、感情を表に出さないことから"氷の女王"と呼ばれている。実家の命で結婚したのは"極氷"と名高い御曹司・宗之。冷徹なふたりは仮面夫婦として生活を続けていくはずだったが――「俺は君を愛してしまった」と宗之の溺愛が爆発！　三花の凍てついた心を溶かし尽くし…

ISBN978-4-8137-1727-0／定価825円（本体750円＋税10%）

『隠れ執着外交官は「生憎、俺は諦めが悪い」とママとベビーを愛し離さない』 白亜凛《はくありん》・著

令嬢・香乃子は、外交官・真司と1年限定の政略結婚をすることに。愛なき生活が始まるも、なぜか真司は徐々に甘さを増し香乃子も心を開き始める。ふたりは体を重ねるも、ある日彼には愛する女性がいると知り…。香乃子は真司の前から去るが、妊娠が発覚。数年後、ひとりで子育てしていると真司が現れて…！

ISBN978-4-8137-1728-7／定価825円（本体750円＋税10%）

# ベリーズ文庫 2025年4月発売

『医者嫌いですが、エリート外科医に双子ごと溺愛包囲されてます!?』 日向《ひなた》野《の》ジュン・著

日本料理店で働く美尋は客として訪れた貴悠と出会い急接近！ふたりは交際を始めるが、ある日美尋は貴悠に婚約者がいることを知ってしまう。その時既に美尋は貴悠との子を妊娠していた。彼のもとを離れシングルマザーとして過ごしていたところに貴悠が現れ、双子ごと極上の愛で包み込んでいき…！

ISBN978-4-8137-1729-4／定価814円（本体740円＋税10%）

# ベリーズ文庫with 2025年4月発売

『素直になれたら私たちは』 白石《しらいし》さよ・著

バツイチになった琴里。両親が留守中の実家に戻ると、なぜか隣に住む年上の堅物幼馴染・孝太郎がいた。昔から苦手意識のある孝太郎との再会に琴里はげんなり。しかしある日、琴里宅が空き巣被害に。恐怖を拭えない琴里に、孝太郎が「しばらくうちに来いよ」と提案してきて…まさかの同居生活が始まり!?

ISBN978-4-8137-1730-0／定価814円（本体740円＋税10%）

『他部署のモサ男くんは終業後にやってくる』 朧月《おぼろづき》あき・著

完璧主義なあまり、生きづらさを感じていた鞠乃。そんな時社内で「モサ男」と呼ばれるシステム部の蒼に気を抜いた姿を見られてしまう！　幻滅されると思いきや、蒼はありのままの自分を受け入れてくれて…。自然体な彼に心をほぐされていく鞠乃。ふたりの距離が縮んだある日、突然彼がそっけなくなって…!?

ISBN978-4-8137-1731-7／定価814円（本体740円＋税10%）